Das Blutkreuz

Das Blutkreuz

von Thomas Napp

Bibliografische Informationen der Deutschen Nationalbibliothek: Die Deutsche Nationalbibliothek verzeichnet diese Publikation in der Deutschen Nationalbibliografie; detaillierte bibliografische Daten sind im Internet über dnd.dnb.de abrufbar.

Herstellung und Verlag:

BoD-Books on Demand, Norderstedt

ISBN: 9783754317716

1. Kapitel: Der Kindsmord

17. Oktober 1825, Im Wald nahe der St. Marienberger Schmelzhütte in Rheinbreitbach

Sanft strich der Herbstwind durch das bunt gefärbte Blätterwerk des Waldes. Gelbe, rote, braune und orangefarbene Blätter raschelten leise im Geäst der Kronen. Einige von ihnen pflückte der Wind vorsichtig von den knarrenden Ästen. Langsam glitten sie zum feuchten Boden hinab. Sie bedeckten Wege, Pfade und Straßen und verwandelten den Waldboden in ein buntes Farbenmeer aus Blättern, welches den Beobachter in eine andere märchenhafte Welt abtauchen ließ.

Auf einmal schritt ein kleines Mädchen durch den Wald. Es war vielleicht gerade einmal acht oder neun Jahre alt und hatte ebenso braune Haare wie runde Knopfaugen. Am Körper trug es ein einfaches, schlichtes Bauernkleid mit den dazugehörigen Lederschuhen. Beides sah schon ziemlich abgetragen aus. Doch das schien dem Mädchen gar nichts auszumachen. Es strahlte über das ganze Gesicht und war fasziniert von der Schönheit der Natur. Sichtlich vergnügt lief es durch den Wald, nahm immer wieder einen Haufen bunter Blätter in die Hände und warf ihn über sich in die Luft, sodass kurze Zeit später ein Blätterregen über das Kind hernieder ging. Jubelnd und kreischend drehte es sich dann jedes Mal um sich selbst, so als ob es nichts Schöneres auf der Welt gäbe als dies zu tun. Doch plötzlich hielt das Kind inne. Neugierig blickte es nach links und nach rechts. Laute Hammerschläge tönten durch den Wald. Das Mädchen ging hin und her. Es folgte den Geräuschen.

Nach einer Weile gelangte sie zu einer alten verlassenen Ziegelei. Hier heraus tönten lautstark die Hammerschläge. Unbedingt wollte das Mädchen erfahren, was in der Ziegelei vor sich ging. Doch das alte schon teilweise zerfallene Gebäude war von einer hohen aus Ziegelsteinen bestehenden Mauer umgeben.

Nachdenklich schaute das Mädchen auf die hohe Ziegelsteinmauer. Doch dann schien es eine Idee zu haben. Es lief um die alte Ziegelei herum und betrachtete genau von allen Seiten das alte Gebäude. Nach einer Weile fand sie das, wonach sie gesucht hatte. In einer der rückwärtig liegenden Mauern klaffte eine große Bresche. Durch diese konnte sie in den Hof der alten Ziegelei schauen. Sie ging heran und betrachtete mit großen Augen das dortige Treiben.

„Was macht ihr da?", fragte sie auf einmal unschuldig. Schlagartig verstummten die Hammerschläge. Eine Zeit lang herrschte Stille. Nur das Rauschen der Bäume und des Windes war zu hören. Langsam schien das Mädchen nervös zu werden. Ihr Körper wirkte angespannter. Die Augen waren fest auf irgendetwas innerhalb der Ziegelei fixiert. Plötzlich fing sie an zu laufen. Sie lief so schnell sie konnte. Tränen liefen ihr die Wangen herunter. Die Angst war ihr ins Gesicht geschrieben. Bald war sie außer Atem, dennoch trieb sie sich weiter zur Eile an. Zielstrebig lief sie auf den Waldweg zu, der nach Rheinbreitbach führte. Doch in diesem Augenblick bemerkte sie jemanden hinter sich. Deutlich hörte sie die stampfenden Schritte auf dem weichen Waldboden. Verzweifelt versuchte das Mädchen noch schneller zu laufen. Doch die Schritte kamen immer näher. Bald spürte sie schon den heißen Atem ihres Verfolgers in ihrem Nacken sitzen. Gleich hatte er sie erreicht. Eine

Hand packte ihre Schulter. Sie wurde zu Boden geworfen. Ein heller Schrei schallte durch den Wald.

Zur selben Zeit, nur ein paar hundert Meter entfernt, erklangen in Rheinbreitbach die Kirchenglocken der Frühmesse. Die Menschen strömten aus der Kirche und versammelten sich in kleinen Gruppen auf und neben der Straße an der Friedhofsmauer. Jetzt traten ein verheiratetes Ehepaar, ein Steiger und seine Frau, durch die Kirchenpforte hinaus auf die Straße. Nicht weit von ihnen entfernt, hatte sich eine Gruppe von jungen und älteren Bergmännern gebildet. Als einer der Jüngeren den Steiger mit seiner Frau erblickte, löste er sich von der Gruppe und ging auf ihn zu.

„Glück auf, Steiger Bermel.", grüßte der Mann ihn freundlich.

„Glück auf, Michael.", grüßte der Steiger höflich zurück. „Schicken dich die Männer, um ihren Lohn zu erhalten?" Michael nickte.

„Ja. So ist es, Steiger Bermel. Wann wollen sie uns denn den Lohn auszahlen?"

Bermel überlegte kurz.

„Lasst es uns so gleich erledigen. Sag den Männern, dass sie mir zu meinem Haus folgen sollen."

Abermals nickte Michael und ging zu den Bergleuten zurück. Nachdem er ihnen alles erklärt hatte, nickten sie zustimmend und brachen gemeinsam mit Steiger Bermel und seiner Frau zur Marienberger Schmelzhütte auf, in welcher das Ehepaar wohnte. Kurze Zeit später verließ der Zug schon das Dorf und gelangte auf einem Waldweg, de Päesch genannt, in den herbstlich bunten Blätterwald. Dort sprach Frau Bermel, die die ganze Zeit an der Seite ihres Gatten gegangen war: „Hoffentlich hat sich die kleine Marie nicht zu sehr gelangweilt. Mir hat es schon ein wenig Sorge bereitet sie alleine zu lassen. Ich hoffe, dass sie gut auf das Feuer geachtet hat und das Haus nun mollig warm ist."

Ihr Mann schaute sie an und nahm sie in den Arm.

„Mach dir mal keine Sorgen. Marie wird sich die Zeit schon vertrieben haben, obwohl ich eigentlich dagegen war, dass sie alleine zu Hause bleibt. Ich denke, sie wäre besser mit in die Kirche gekommen. Es hätte ihr gut getan."

Ohne weiter darüber zu sprechen ging das Ehepaar gemeinsam mit den Bergleuten weiter. Nach einer Weile gelangten sie an eine Weggabelung, in dessen Mitte ein Wegekreuz mit dem Spruch *Lieber Wanderer lass dir Zeit sprich ein Gebet für die Ewigkeit* aufgestellt worden war. Der linke Pfad führte zum Bergwerk Virneberg und der rechte Pfad zum Bergwerk St. Marienberg, auf dessen Weg auch die Schmelzhütte lag. Somit nahmen die Bergleute und das Ehepaar die rechte Abzweigung. Doch ein paar Meter weiter blieb plötzlich einer der Männer wie angewurzelt stehen. Der Mann stand an der Spitze der Gruppe und wollte einfach nicht mehr weiter. Die Gruppe stoppte. Michael ging zu ihm hin.

„ Hey, Mann. Warum bleibst du stehen?"

Der Mann antwortete nicht. Seine Augen waren weit aufgerissen. Er starrte etwas am Wegesrand an. Verwundert schaute Michael in dieselbe Richtung. Als er sah, was dort in einem kleinen Graben am Wegesrand lag, durchfuhr ihn ein Schock. Sein Mund war weit geöffnet, als ob er etwas sagen wollte, doch es kam kein Laut mehr heraus. Entsetzen war in sein Gesicht geschrieben. Langsam schauten auch die Anderen genauer an den Wegesrand. Immer dichter versammelten sie sich. Totenstille herrschte. Jetzt traten der Steiger und seine Ehefrau vor die Gruppe: „Was ist denn hier los? Wollt ihr euren Lohn nicht erhalten?"

Keiner rührte sich. Immer noch starrten alle fassungslos an den Wegesrand.

„Was schaut ihr denn dort alle?", Frau Bermel drehte sich zum Graben des Weges. Sie begann laut an zu kreischen. Der Steiger drehte sich erschrocken zu ihr um: „Was ist los, Liebste?"

Frau Bermel lief hochrot an. Mittlerweile liefen ihr die Tränen in Strömen herunter. Verzweifelt versuchte ihr Mann herauszufinden, was geschehen war.

„Da. Sieh doch!", schluchzte Frau Bermel und deutete nur noch mit dem Finger auf den Wegesrand, bevor sie unaufhaltsam weinend auf die Knie sank. Herr Bermel wusste immer noch nicht, warum seine Frau so weinte. Er drehte sich zum Wegesrand hin und was er dort sah, ließ ihm das Blut in den Adern gefrieren. Einen Moment lang schien er richtig benommen zu sein. „Mariechen", brachte er nur noch hervor.

Am Wegesrand lag der leblose Körper seiner kleinen Tochter Marie. Ihr Kleidchen zum Teil vom Körper gerissen. Ihre leblosen Augen noch angstvoll geöffnet. Die entblößte Kehle mit einem Messer durchtrennt. Blut tränkte das Kleidchen und bedeckte teilweise ihren kleinen Körper.

Der Steiger atmete tief ein und aus. Hass, Trauer, Verzweifelung, Liebe, alle Gefühle wirbelten in ihm einmal herum. Seine Hände begannen an zu zittern. Er versuchte ruhig zu bleiben, allein schon wegen seiner Frau. Doch er schaffte es einfach nicht sich unter Kontrolle zu halten. Die Trauer und der so tief sitzende Schmerz übermannten ihn einfach. Er sank auf die Knie und fing bitterlich an zu weinen. Seine Frau war mittlerweile schon ganz zusammengesackt und lag nur noch die Hände vor dem Gesicht haltend auf dem Waldboden und weinte. Die Bergleute, die inzwischen um sie herumstanden, hatten Mitleid mit ihnen. Einige knieten sich zu ihnen hinunter und versuchten sie zu trösten. Unter ihnen war auch Michael. Er schickte einen der Bergleute los, um den rheinbreitbacher Pfarrer und einen Karren für den Leichnam holen zu lassen.

Als der Karren mit dem Pfarrer darauf ankam, sah er die Bergleute mit dem Steiger Bermel und seiner Frau vor dem Leichnam knien und beten. Sie sprachen das Ave Maria. Das Gebet der Patronin von Rheinbreitbach. Stillschweigend kniete sich der Pfarrer zu ihnen dazu. Ein paar Stunden beteten sie so vor dem Leichnam. Während dieser Zeit stießen immer wieder einige Menschen in kleinen Gruppen aus dem Dorf zu ihnen, die von der grauenvollen Bluttat schon erfahren hatten. Dann erhob sich langsam gegen Nachmittag die Trauergemeinde. Der Karren wurde vorsichtig an den Leichnam herangefahren und eine kleine Schar von Bergleuten griff sich behutsam den Leichnam des Kindes. Als sie das Kind in die Höhe hoben, tropfte Blut von seinem durchschnittenen Hals zum Boden herab. Die Frau des Steigers brach bei diesem Anblick wieder in Tränen aus. Die Bergleute begannen nun den Leichnam vorsichtig auf den Karren zu legen. Doch auf einmal ließ der Steiger die Bergleute innehalten. Er trat auf den Leichnam zu und holte aus seinem ledernen Beutel ein kleines gläsernes Fläschchen. In dieses füllte er bis zum Rand das Blut seiner Tochter. Danach drückte er es sich fest gegen die Brust und murmelte vor sich hin.

„Ich schwöre bei Gott, dass ich den Menschen finden werde, der dir das angetan hat."

Währenddessen hatten die Bergleute den Leichnam bereits auf den Karren gelegt. Michael trat an den Steiger heran. Der schaute auf.

„Ich möchte, dass die Männer mir ein Steinkreuz aus einem Felsblock meißeln. Das Kreuz soll hier, an der Stelle, wo meine Tochter starb, aufgestellt werden. In dem Kreuz soll eine Nische sein, in der dieses Fläschchen seinen Platz finden soll." Michael nickte. Der Karren setzte sich in Bewegung. Direkt hinter ihm gingen der Steiger mit seiner schluchzenden Frau im Arm und der Pfarrer aus Rheinbreitbach. Ihnen folgte eine lange Trauergemeinschaft aus breitbacher Bergleuten und Bekannten. Während der Wagen sich langsam ruckelnd durch den herbstlichen Wald an der alten Ziegelei vorbei zur Marienberger Schmelzhütte hin bewegte, betete der Pfarrer einen Totenpsalm: „ *Vor dir Herr, bedenken wir unser Leben, denn rasch geht es dahin. Die Dauer ist ohne Belang und keiner kann sie verändern. Doch jeden Tag zu gestalten und jede Tat zu verantworten vor dir, unserem Schöpfer, das ist uns aufgetragen. Mache kurz die Zeit unserer Trauer, und lass dankbare Erinnerung wachsen. Lass uns uns`re Tage zählen, damit wir ein weises Herz gewinnen. Wende dich uns zu, du guter Gott, und lass das Werk unserer Hände gelingen. Bleibe bei uns, bis ans Ende uns`rer Tage und segne, was wir zu tun beginnen.*
Ja segne unser Leben, Herr."

Als der Pfarrer den Psalm zu Ende gesprochen hatte, kam kurz darauf auch schon die Schmelzhütte in Sichtweite.

Es was ein länglich gezogenes Häuschen aus Lehm und Holzbalken gebaut, hatte einen großen mit grauen Steinen gemauerten Kaminen und rote Ziegeln. Vor dem Haus floss ein kleiner Bach, der ein großes Wasserrad am laufen hielt und über den eine kleine Brücke zum Hauseingang führte. Der Wagen mit dem Leichnam hielt vor dem Haus. Um ihn herum stellte sich die Trauergemeinschaft. Jetzt nahmen die Bergleute wieder vorsichtig den Leichnam auf und trugen ihn über die kleine Brücke ins Haus. Dort legten sie, nachdem sie die großen Schmelzöfen in der Werkshalle passiert hatten, den leblosen und bleichen Körper auf ein Bett und verließen stillschweigend den Raum. Der Steiger Bermel, seine Frau und einige enge Bekannte waren ihnen ins Haus gefolgt und blieben nun alleine dort zurück. Auch Michael war unter Ihnen. Steiger Bermel holte aus einem Schrank einige weiße Kerzen mit Holzständern heraus. Ein paar Kerzen gab er Michael in die Hand. Wortlos verteilten beide sie um das Bett herum und zündeten die Dochte an. Währenddessen war Frau Bermel auf eine an der Wand hängende Uhr zugegangen und hielt deren Pendel an. Ab diesem Zeitpunkt begann die traditionelle Totenwache. Einige Bekannte verließen deshalb nun den Raum, um von zu Hause einige Speisen, Tee und Wein für die Wacheschiebenden zu holen. Gleichzeitig verließen auch die Männer den Raum, sodass nur Frau Bermel und zwei weitere Frauen im Raum zurückblieben. Sie entkleideten den Leichnam, ließen sich einen Waschtrog voller Wasser bringen und wuschen das Kind von oben bis unten. Danach zogen sie dem Kind ein weißes Gewand an, legten es wieder auf das Bett und gaben ihm einen Rosenkranz in die Hände. Zum Schluss knieten sie sich vor den Leichnam nieder und begannen den Rosenkranz zu beten. Nach dem Gebet holte Frau Bermel die Männer wieder herein. Doch ihr Mann, der Steiger, betrat nur kurz das Zimmer. Sofort nahm er sich Michael zur Seite:

„Komm. Lass uns unsere Arbeit beginnen. Ich möchte morgen früh schon fertig sein."
Michael wusste zugleich, was der Steiger meinte und sie gingen gemeinsam nach draußen. Vor dem Haus hatte sich inzwischen die Trauergemeinschaft aufgelöst. Nur der Karren mit dem Pfarrer stand nur noch vor der Türe. Mittlerweile war es Abend geworden.
„ Wollt ihr nicht auch gehen, Hochwürden? Ihr werdet doch auch müde sein?"
Der Pfarrer schüttelte den Kopf.
„Nein. Ich bleibe heute Nacht bei euch."
Der Steiger nickte ihm zu und ging auf einen großen Felsblock zu, der neben der Schmelzhütte aus einer kleinen Felswand ausgebrochen war.
„Komm Michael.", sprach der Steiger „Lass uns beginnen. Du weißt wie lange die Totenwache nur geht."

Sie holten Hammer und Schlägel und begannen den Stein zu bearbeiten. Die ganze Nacht arbeiteten sie daran bis zum nächsten Morgen. Dann war es vollbracht. Sie hatten aus dem Felsbrocken ein steinernes Kreuz gehauen. In der Mitte des Kreuzes war eine quadratische Öffnung hinein gehauen. Der Steiger wischte sich den Schweiß von der Stirn.
„ Es ist geschafft, Michael. Hol ein paar Männer. Wir werden das Kreuz auf den Karren laden und es an seinen Bestimmungsort bringen."

Michael nickte und ging. Wenig später war das Kreuz auf dem Karren verladen. Der Steiger, Michael und zwei Bergleute zogen den Karren in den Wald hinfort. Es dauerte nicht lange, da erreichten sie die Fundstelle des Leichnams. Im Laub konnte man immer noch einige Blutstropfen erkennen. Ohne lange zu Zögern hievten die Männer das Steinkreuz vom Karren herunter und begannen an der Unglücksstelle ein Fundament für das Kreuz zu graben. Es dauerte seine Zeit, bis sie das Loch ausgeschachtet und den Mörtel angerührt hatten. Doch nach einer Weile stand das Kreuz fest im Boden. Der Steiger drehte sich zu seinen Leuten um und nickte ihnen allen einmal zu:

„Ich danke euch vielmals für eure Hilfe. Das hier zeugt noch von echter Kameradschaft."
Stillschweigend sahen ihn die Männer an.
„Lasst uns nun zurück zur Schmelzhütte gehen und mein verstorbenes Kind der ewigen Ruhe zu führen."
Wenig später rumpelte wieder der Karren mit dem darauf gebetteten Leichnam des Kindes durch den Wald. Diesmal nur in Richtung des breitbacher Friedhofs. Hinter dem Karren gingen die Bergleute mit brennenden Fackeln und das Ehepaar Bermel zusammen mit dem Dorfprediger her. Frau Bermel hatte sich ein schwarzes Trauerkleid angezogen. Auf ihrem Weg kam der Trauerzug auch an dem neu errichteten Kreuz vorbei. Als dort der Karren das große, steinerne Kreuz passierte, ließ Steiger Bermel den Karren stoppen. Er und seine Frau knieten sich vor dem Kreuz nieder und stellten in die dafür vorgesehene steinerne Nische das mit Blut gefüllte Fläschchen der Tochter. Danach erhoben sie sich und

ließen den Zug zum Friedhof weiterziehen, auf welchem das Kind feierlich begraben wurde.

2. Kapitel: Die Untersuchung beginnt

Einige Tage später

Dreimal klopfte es fest gegen die Eichentüre der Marienberger Schmelzhütte. Frau Bermel war zu diesem Zeitpunkt allein zu Haus. Sie schreckte von ihrem Bett hoch, in welchem sie gelegen hatte. Sie hatte nichts weiter an als ein einfaches Unterhemd. Ihre Augen waren rot und dick geschwollen. Die Haare leicht fettig und zersaust.
„Wer ist da?"
„Frau Bermel. Hier spricht Polizeiwachtmeister Schultz. Ich komme wegen ihrer Tochter, um ihnen ein paar Fragen zu stellen."
Frau Bermel senkte wieder den Kopf und brach in Tränen aus.
„Gehen Sie weg! Ich will niemanden sehen!"
„Frau Bermel. Seien Sie doch vernünftig. Das macht ihre Tochter auch nicht wieder lebendig. Ich möchte doch nur meine polizeiliche Pflicht erfüllen."
Langsam erhob sich Frau Bermel von ihrem Bett. Mit zerzausten Haaren ging sie zur Türe und öffnete diese. Vor der Türe stand ein dickbauchiger, blau uniformierter Mann mit schwarzen Hosen und Stiefeln. Auf dem Kopf trug er einen Dreispitz mit rotem Band. Um die Hüfte geschnallt hatte er einen schwarzen Ledergürtel, an welchem ein langer Säbel hing. Dieser hatte einen wunderschön verzierten Löwenkopf als Säbelknauf, welchen er mit der linken Hand fest umklammert hielt.

Im Gesicht trug er einen gewaltig gezwirbelten Schnurrbart.

Als der Polizist Frau Bermel in ihrem Zustand in der Türe stehen sah, verschlug es ihm zunächst sichtlich die Sprache. Doch bald darauf hatte er sich wieder gefangen.
„Schön Frau Bermel, dass sie sich doch noch entschieden haben die Türe zu öffnen. Darf ich kurz hereinkommen. Es wird nicht lange dauern."
Frau Bermel nickte kurz, schloss die Türe hinter dem Wachtmeister und schlenderte mit ihm zusammen in die Wohnung. Dort setzte sie sich auf einen Stuhl und ließ den Kopf hängen. Der Polizeiwachtmeister blieb im Raum stehen.
„Und. Was wollen sie nun von mir?"
„Wie schon gesagt. Ich möchte nur einige Fragen an sie richten bezüglich ihrer kleinen Tochter. Wann haben Sie ihre Tochter den zuletzt lebend gesehen?"
Frau Bermel saß auf ihrem Stuhl und atmete tief ein und aus. Sie starrte mit einem glasigen Blick auf eine Stelle im Raum.

„Es…es war am Sonntag als wir zur Frühmesse aufbrachen. Marie hatte keine Lust gehabt mit in die Kirche zu gehen. Mein Mann und ich wollten sie deshalb nicht zwingen mit in die Kirche zu kommen. Deshalb ließen wir sie allein im Haus zurück, jedoch mit der Anweisung, dass Haus nicht zu verlassen und das Feuer gut zu hüten."
Der Wachtmeister hatte währenddessen einen Notizblock hervorgeholt und notierte die Aussage von Frau Bermel.
„Und wo haben sie das Kind dann gefunden?"

„Mein Mann ist wie sie sicherlich schon wissen Steiger im hiesigen Bergwerk Virneberg. Als Steiger ist er auch für die Entlohnung seiner Leute zuständig, sodass wir am Sonntag nach der Frühmesse mit einigen Bergleuten, die ihren Sold erhalten wollten, den Weg hierher zur Hütte einschlugen. Auf dem Weg hierhin, wo jetzt das Kreuz steht, fanden wir meine kleine Marie mit durchschnittener Kehle."

Am Schluss ihres Satzes brach Frau Bermel wieder bitterlich in Tränen aus. Sie bedeckte ihr Gesicht mit ihren beiden Händen. Doch der Polizeiwachtmeister wusste nicht so recht, was er machen sollte. Verzweifelt sah er die weinende Frau an. Dennoch brach er das Verhör nicht ab.

„Frau Bermel. Ich hätte nur noch eine Frage an Sie. Danach sind sie mich auch schon wieder los. Haben Sie irgendwelche Menschen hier im Ort, die sie nicht leiden können?"

Just in diesem kam durch die Eingangstüre der Schmelzhütte Steiger Bermel herein. Sein Gesicht und seine Kleidung waren mit Staub bedeckt. Als er seine Frau weinend in der Wohnung sitzend sah, eilte er schnell zu ihr hin. Schnell nahm er seine Frau in die Arme. Dann erst bemerkte er den Wachtmeister im Raum. Verärgert fixierte Bermel den Polizisten.

„Was haben sie mit meiner Frau gemacht?"

Der Polizist wusste gar nicht, was er sagen sollte und stotterte:

„Ich habe nur ein paar Fragen gestellt."

Dem Steiger war seine Wut ins Gesicht geschrieben. Er deutete mit der einen Hand zur Türe während er mit der anderen seiner Frau liebevoll über den Rücken streichelte.

17

„Los. Verschwinden Sie! Sonst werde ich mich über sie beschweren gehen. Sie haben schon genug angerichtet"

Das ließ sich der Wachtmeister nicht zweimal sagen und verschwand so schnell es ging aus der Schmelzhütte. Währenddessen hob der kräftig gebaute Steiger seine Frau hoch und legte sie vorsichtig ins Bett. Nachdem er sie mit der Bettdecke zugedeckt hatte, nahm er ihre Hand. Frau Bermel schaute ihren Mann an.
„Ich fühle mich wegen Marie so schuldig, Hieronymus."
Ihr Mann streichelte ihr mit der staubigen Hand übers Gesicht.
„Nein. Das brauchst du nicht. Wer hätte denn ahnen können, dass so etwas passiert. Wir hatten sie doch schon so oft zu Hause alleine gelassen und da war nichts passiert. Gib dir deshalb nicht die Schuld und wenn, dann hätte ich genau so viel davon."
Frau Bermel nickte nur kurz.
„Ja. Du hast ja Recht. Aber…" Frau Bermel stockte kurz. Sie versuchte einen erneuten Tränenausbruch zu unterdrücken. Doch sie schaffte es nicht. „ Ich vermisse sie aber nur so sehr."

Steiger Bermel nahm sie wieder in den Arm. Zärtlich streichelte er ihr über den Kopf.
„Ich doch auch, meine Liebste." Hieronymus Bermel stand nun selbst kurz vorm Weinen. Bis jetzt hatte er es noch geschickt unterdrücken können. Doch nun war auch er an seine Grenzen angekommen. Bald darauf lief ihm eine Träne über die rechte Wange, die er aber schnell unbemerkt mit dem Handrücken wegwischen konnte. Auf einmal lächelte der Steiger leicht.

„Weißt du noch wie Marie den kleinen Bach vor der Hütte das erste Mal auf eigenen Beinen überqueren wollte."

Eine kurze Pause trat ein. Jetzt lächelte auch Frau Bermel leicht. Sie löste sich aus den Armen ihres Mannes und nickte.
„Ja. Sie hatte Angst, dass die Brücke nicht halten würde. Die sah aber auch damals noch aus bevor ihr die erneuert habt."
Steiger Bermel nickte zustimmend.
„Und weißt du noch wie gerne sie deinen Apfelkuchen gegessen hat. Immer hat sie vorher schon von der Füllung genascht."
Frau Bermel schaute ihren Mann mit einem leichten schiefen Lächeln an.
„Ja, weil du es ihr immer vorgemacht hast."
„Das stimmt."
Ihr Mann lächelte. Frau Bermel schaute jetzt auf die Bettdecke.
„Schön war es auch, als wir letzten Winter auf der Breiten Heide Schlitten gefahren sind. Deine Leute hatten ihr einen kleinen Schlitten aus Holzbrettern und verrosteten Kufen gebaut. Was hat sie da für einen Spaß gehabt."
Steiger Bermel nickte zustimmend. Er nahm die Hand seiner Frau.
„Ich fand, dass wir mit Marie eine tolle Zeit hatten und Gott sie ganz bestimmt in sein Reich aufgenommen hat."

Frau Bermel sagte zuerst nichts dazu. Dann schaute sie zu ihrem Mann auf.

„Das stimmt. Ich glaube auch, dass sie jetzt in einer besseren Welt ist."

Steiger Bermel gab seiner Frau einen Kuss auf die Stirn.

„Ich werde mich jetzt erst einmal waschen und umziehen. Sonst müssen wir nachher die ganze Wohnung sauber machen, von dem ganzen Staub, der dann wieder in der Wohnung liegt."

Frau Bermel nickte. Sie schien noch mit den Gedanken woanders. Trotzdem antwortete sie.

„Ja. Tue das."

Während Steiger Bermel sich etwas anderes anzog und sich wusch, stand Frau Bermel vom Bett auf und setzte einen Kessel mit heißem Wasser auf. Als ihr Mann hereinkam drehte sie sich zu ihm um. Er hatte nasse Haare und zog sich gerade ein frisches Hemd an.

„Jasmin. Ab morgen beginnt die Arbeit wieder hier in der Schmelzhütte. Ich würde dich bitten den Schmelzmeistern frisches Wasser bereitzustellen. Du weißt ja wie schweißtreibend diese Arbeit ist und da sollen die Männer viel trinken."

Jasmin nickte nur.

„Ja. Die Männer haben schon lange genug wegen uns den Betrieb eingestellt. Es war eine große Geste des Bergwerksdirektors Bleibtreu die Schmelzhütte für ein paar Tage still zu legen."

In diesem Moment klopfte es an der Türe. Ohne zu zögern öffnete Steiger Bermel sie. Draußen stand ein Mann in einem braunen Dreiteiler. Auf dem Kopf trug er einen hohen Zylinder. In der Hand hielt er einen Gehstock.

„Glück auf, Steiger Bermel."

„Glück auf, Herr Direktor Bleibtreu. Was für eine freudige Überraschung! Wir hatten gerade von Ihnen geredet. Wollen Sie nicht reinkommen."

Als Frau Bermel dies hörte, verschwand sie sofort in ihrem Bett. Der Bergwerksdirektor sollte sie nicht in ihrem jetzigen Zustand sehen.

„Nein danke.", verneinte der Direktor. „Ich wollte nur einmal kurz vorbeischauen, um zu sehen wie es Ihnen geht."

Der Steiger lächelte leicht.

„Es geht, Herr Direktor. Aber eine Lücke wird immer bleiben."

Der Bergwerksdirektor nickte nur kurz.

„Da haben Sie Recht. Ist für morgen schon alles klar, um die Hütte wieder in Betrieb zu nehmen."

Der Steiger nickte.

„Ja, Herr Direktor Bleibtreu. Für morgen ist alles vorbereitet. Bei dieser Gelegenheit möchte ich mich noch einmal herzlich bei Ihnen bedanken für das Aussetzen der Arbeit."

Der Direktor schüttelte leicht den Kopf.

„Das ist doch keine große Sache gewesen. Ich hätte sowieso die Arbeit jetzt für einige Tage ruhen lassen müssen, um einige Kontrollen durchzuführen."

Der Steiger verzog das Gesicht.

„Kontrollen? Arbeiten wir etwa nicht gut genug, Herr Bleibtreu."

Der Bergwerksdirektor machte ein ernstes Gesicht.

„Doch, doch. Ihr arbeitet gut und fördert auch dementsprechend viel, aber es geht um die Verhüttung der Erze. Es gibt da ein paar Unregelmäßigkeiten, die mich eine Menge Geld kosten und die ich dringend überprüft haben will."

Der Steiger verstand nicht ganz, was der Direktor damit meinte.

„Meint ihr etwa, dass jemand Kupfer klaut?"

Der Bergwerksdirektor zog die Augenbrauen hoch.

„Ich weiß es nicht. Ich weiß nur, dass mehr Kupfer bei der Verhüttung vorhanden ist, als nachher bei mir im Lager zum Verkauf ankommt."

Verzweifelt schüttelte der Steiger den Kopf.

„Das ist allerdings wirklich wert überprüft zu werden."

„Genau das meine ich auch. Deshalb möchte ich auch, dass Sie das für eine Weile übernehmen."

Der Steiger schüttelte den Kopf.

„Nein, Herr Bleibtreu. Ich glaube nicht, dass das in der jetzigen Situation der richtige Zeitpunkt ist…"

Herr Bleibtreu fiel ihm ins Wort.

„Doch. Genau jetzt ist der richtige Zeitpunkt. Sie sind in Trauer um ihre Tochter und deshalb gebe ich Ihnen ein paar Tage frei, sodass sie zu Hause, hier in der Schmelzhütte bleiben können. Sie sollen nur ein Auge auf die Schmelzmeister haben, die hier arbeiten. Am Ende ihres kurzen Urlaubs werde ich noch einmal vorbeikommen. Nun, was sagen Sie?"

Steiger Bermel verzog sein Gesicht.

„Und wer soll dann meine Männer im Stollen beaufsichtigen?"

„Das wird Michael besorgen. Er ist mittlerweile trotz seines jungen Alters ein erfahrener Bergmann."

Erwartungsvoll schaute ihn Bleibtreu an.

„Na gut.", begann Steiger Bermel. „Ich werde ein paar Tage zu Hause bleiben. Meiner Frau wird es auch nicht schlecht tun, wenn ich bei ihr bin."

Herr Bleibtreu strahlte übers ganze Gesicht.

22

„Ich wusste, dass ich mich auf sie verlassen kann. Wir sehen uns dann in ein paar Tagen. Einen schönen Tag wünsche ich noch."

Der Direktor klopfte Bermel auf die Schulter und ging von dannen. Steiger Bermel schloss die Türe und ging zu seiner Frau zurück. Mit einem Lächeln auf den Lippen sagte er:
„Ich habe ein paar Tage frei bekommen, Jasmin."
Seine Frau stand vom Bett auf und umarmte ihn.
„Das ist schön. Dann brauche ich wenigstens eine Zeit lang keine Angst zu haben, dass du im Stollen verschüttet wirst, mein Liebster."

3. Kapitel: Der Mörder ist gefunden

In Rheinbreitbach war es bereits dunkel geworden und die Menschen im Dorf zogen ihre Vorhänge zu und klappten ihre Fensterläden zusammen. Die Mütter holten ihre Kinder von der Straße und verriegelten mehrfach ihre Haustüren aus Angst vor dem herumlaufenden Kindesmörder von Marie. Alles schien menschenleer. Nur vereinzelt sah man noch einige Wagemutige über die mit Kopfsteinpflaster versehene Jenstraße gehen oder jemanden vom Steinwäch herunterkommen. All diejenigen kannten nur ein Ziel: Die Gastwirtschaft in der Poststation.

Dort versammelten sich jeden Abend die Bauern und Handwerker, um ein Feierabendbier zu trinken oder einfach genüsslich ein Pfeifchen zu rauchen. Auch die Bergleute trafen sich dort, um ein wenig Entspannung zu finden von der anstrengenden Untertagearbeit. Der

Pfarrer ließ sich hier auch gerne sehen. In der Gastwirtschaft herrschte meist eine gesellige Stimmung, sodass lebhaft geredet und manchmal sogar, wer es sich leisten konnte, gut und vor allem viel gegessen wurde. Es entbrannte gerade eine lebhafte politische Diskussion zwischen dem Ortsvorsteher und dem Pfarrer als auf einmal der Polizeiwachtmeister durch die Türe schritt. Schlagartig wurde es still. Alle starrten durch den dicken gräulichen Pfeifennebel auf den Polizisten.

„Guten Abend. Mein Name ist Wachtmeister Georg Schultz. Ich bin hierher geschickt worden, um den Kindsmord Bermel zu untersuchen. Dafür bräuchte ich die Männer, die am Todestag die Leiche zusammen mit den Eltern aufgefunden haben. Wer war das alles?"
Stille. Der Wachtmeister schaute sich im Raum um. Als er auf eine kleine Schar von Bergleuten schaute, die sich um Michael an einen Tisch versammelten hatten, standen diese auf.

„Wir waren dabei.", sagte Michael als Wortführer. Der Wachtmeister nickte.
„Gut. Ich hoffe, dass ich mit ihrer Unterstützung rechnen darf. Deshalb würde ich sie bitten einer nach dem anderen zu mir zu kommen und eine Aussage über den Vorfall zu machen. Schließlich geht es hier um Mord."
Michael schaute kurz in die Runde. Die Bergleute nickten bejahend.
„Wir tun es allein schon aus Kameradschaft zu Steiger Bermel."

Der Wachtmeister setzte sich an einen freien Tisch und bestellte sich bei der Wirtin einen Krug Bier. Dann

24

winkte er den ersten Zeugen heran. Es war Michael. Inzwischen hatte sich die Situation in dem Gasthaus wieder entspannt. Langsam kamen die Gespräche wieder in Gang, sodass bald lautes Grummeln und Gelächter wie zuvor den Raum erfüllten.

Michael saß dem Polizeiwachtmeister gegenüber. Dieser tat einen kräftigen Zug aus seinem Bierkrug, wischte sich mit dem Handrücken den Schaum aus dem Bart und holte den Notizblock mit Stift heraus.

„Ahh. Ein herrliches Bier. Nun denn. Dann wollen wir beginnen. Ihr Name, Beruf und Alter bitte."

„Mein Name ist Michael Kerpner. Ich bin 21 Jahre alt und Bergmann von Beruf."

„Schön. Dann erzählen Sie mal, wie sie die Leiche gefunden haben."

Michael begann sofort an zu erzählen.

„Am Sonntag nach der Frühmesse wollten die Bergleute und ich unseren Lohn von Steiger Bermel erhalten. Also gingen wir mit ihm zur Schmelzhütte, da wo er wohnt. Auf dem Weg dorthin, gleich an der Weggabelung, kurz vor der alten Ziegelei, wo es nach Bruchhausen herauf geht, haben wir dann das Mädchen tot aufgefunden."

Der Wachtmeister nickte und schrieb alles fleißig mit.

„Gut. Haben Sie noch irgendjemanden gesehen. Ist Ihnen jemand auf dem Weg begegnet außer den Leuten, die mit Ihnen gingen?"

Michael schüttelte den Kopf.

„Nein. Uns ist niemand begegnet."

„Beschreiben Sie doch mal wie das Mädchen da gelegen hat."

Michael stockte kurz. Man merkte, dass er sich nicht gerne daran erinnerte.

„Das Mädchen lag im Graben neben dem Waldweg. Das Kleid war zum größten Teil zerrissen. Es hingen nur noch fetzen an ihr. Überall klebte Blut. Ihre Augen standen noch angsterfüllt offen. So wie es aussah war ihr Hals mit einem Dolch durchtrennt worden."

Der Polizist nickte verständnisvoll den Kopf.

„Gut. Dann erzählen Sie mir doch mal etwas über die Familie Bermel."

Michael stockte kurz. Er wusste nicht, wie er diese Frage einzuschätzen hatte. Doch dann begann er zu erzählen.

„Herr und Frau Bermel sind sehr liebenwürdige Personen. Beide sind sie sehr verantwortungsbewusste Personen und achten immer darauf, dass die Kumpel und ich uns nicht allzu sehr überarbeiten. Damals als Steiger Bermel zusammen mit seiner Frau aus der Vordereifel zu uns herübergesiedelt kam, begann er genau wie wir als einfacher Bergmann. Nach kurzer Zeit sah Direktor Bleibtreu jedoch schon, dass Steiger Bermel ein Talent hatte, Menschen zu motivieren und anzuführen. Aus diesem Grund war Bermel bei uns auch ziemlich beliebt, sodass wir ihm genauso vertrauten wie Bergwerksdirektor Bleibtreu. Deshalb freute es uns auch alle sehr als er vor einigen Jahren zum neuen Steiger ernannt wurde. Der Tod seiner kleinen Tochter schockiert uns Bergmänner deshalb alle sehr. Es ist ein grausiges Verbrechen, ein kleines Kind zu erdolchen. Allein deswegen muss der Mörder gefunden werden."

Der Polizist nickte nur noch mit dem Kopf. Eifrig schrieb er alles mit, was Michael gesagt hatte. Dann schaute er zu Michael auf.

„ Nach ihrer Beschreibung hin dürfte die Familie Bermel also keine Feinde im Ort gehabt haben."

Michael nickte bejahend.

„Ich kenne niemanden, der ein schlechtes Wort über das Ehepaar Bermel hätte sagen können."

Der Polizist schien mit dieser Antwort nicht ganz zufrieden. Er kniff die Augenbrauen zusammen.

„Hm. Nun ja. Vielen Dank für ihre Aussage. Dann können Sie jetzt gehen und mir den nächsten schicken."

Michael stand wortlos auf und ging wieder zu seinem Tisch zurück. Der Polizist verhörte nun einen Bergmann nach dem anderen. Sogar den Pfarrer nahm er sich vor, der das Kind beerdigt und das Elternpaar Bermel betreut hatte. Doch alle sagten sie mehr oder weniger dasselbe aus. Als der Wachtmeister mit seinen Verhören fertig war, bezahlte er sein Bier und stand auf. Der ganze Abend hatte ihn nicht viel weitergebracht. Keinen einzigen Anhaltspunkt hatte er gefunden. Schlechtgelaunt ging der Wachtmeister auf die Türe zu, um das Gasthaus zu verlassen. Mit einem „Schönen Abend noch" verließ er den Gasthof und trat auf die dunkle Jenstraße hinaus. Erst jetzt bemerkte der Wachtmeister wie müde er war. Laut gähnte er auf. Er schaute auf seine Taschenuhr und beschloss zu seinem Zimmer zu gehen, welches er sich in einer Pension namens das „Gastlichen Haus" genommen hatte. Schweren Schrittes ging der Wachtmeister die Jenstraße hinunter, an dessen Ende die Pension gelegen war. Doch auf halbem Wege hörte er Schritte hinter sich näherkommen. Der Wachtmeister drehte sich um. Die Hand hielt er griffbereit am Degen. Schon öfters war es ihm vorgekommen, dass ihn Leute abends angegriffen hatten. Krampfhaft schaute er mit seinen leicht zugekniffnen Augen in die Dunkelheit. Die Schritte kamen immer näher und nach einer Weile sah er zwei dunkle Gestalten die Jenstraße heraufkommen.

„Herr Wachtmeister?", fragte eine leise Stimme in die Dunkelheit.

„Ja. Wer ist dort?"

Die zwei dunklen Gestalten kamen noch näher.

„Wir sind Georg Schmitz und Heinrich Brauns. Zwei Lehrlinge aus der St. Marienberger Schmelzhütte."

Der Wachtmeister wurde entspannter. Dennoch ließ er den Säbel nicht los.

„Und was wollt ihr?"

Die beiden Gestalten schauten sich in der Dunkelheit um.

„Wir wollen mit Ihnen über Familie Bermel und deren ermordete Tochter reden."

Der Wachtmeister ließ nun den Säbel los.

„Gut,. Dann sprecht."

„Nein. Wir haben Angst, dass uns jemand hier auf der Straße hören könnte. Können wir irgendwo ungestört reden?"

„Ja. Kommt mit in die dort vorn gelegene Pension. Dort habe ich ein Zimmer gemietet."

Beide Gestalten nickten mit dem Kopf.

„Gut. Wir kommen mit."

Kurze Zeit später waren der Polizist und die zwei Lehrlinge auf dem Zimmer. Sie setzten sich an einen kleinen eckigen Holztisch und gossen sich in die vor ihnen stehenden Gläser einen Wein ein. Nachdem jeder einen Schluck genommen hatte, holte der Polizist seinen Notizblock heraus und begann die beiden Jungens auszufragen.

„Nun denn, ihr zwei. Was habt ihr mit mir über den Mordfall Bermel zu bereden?"

Die beiden Jungen schauten sich zuerst noch einmal verunsicherter an. Dann begann Georg an zu reden: „Wir beide wissen, wer das kleine Mariechen umgebracht hat."
„Wie bitte?", fragte der Polizist verblüfft. Die beiden Jungen nickten nur.
„Ja. Wir haben den Mörder gesehen wie er aus dem Wald kam. In der Hand hielt er noch sein blutgetränktes Messer."
Der Polizist schüttelte den Kopf.
„Und warum rückt ihr erst jetzt damit heraus? Wieso seid ihr nicht eben schon zu mir gekommen oder direkt nach der Schandtat zur Polizeidienststelle gefahren?"
Die beiden Lehrlinge schauten zu Boden.
„Wir hatten Angst."
Der Polizist betrachtete die beiden Lehrlinge.
„Vor was hattet ihr Angst?"
Heinz schaute auf.
„Nicht vor was."
„Sondern eher vor wem.", vollendete Georg den Satz.
„Wir hatten Angst vor dem Mörder. Denn wir glauben, dass er uns gesehen hat."
Der Polizist kniff die Augenbrauen leicht zusammen.
„Na gut. Das ist ja einigermaßen verständlich. Aber nun erzählt. Wer ist der Mörder?"
Wieder schauten sich die beiden Jungs einander an. Sie zögerten
„ Nun habt keine Scheu. Bei mir seid ihr hier sicher.", ermutigte der Polizist sie.
„Gut.", sprach Heinz.
„Der Mörder ist Michael Kerpner."
Als der Polizist den Namen hörte zog er überrascht die Augenbraue hoch.

„Meinen Sie etwa den Bergmann Kerpner, mit dem ich eben am Tisch gesessen habe."

Beide nickten sie einstimmig.

„Ja. Deswegen hatten wir ja Angst zu Ihnen zu kommen. Denn das, was die Bergleute da alles über die Bermels erzählt haben stimmt nicht so ganz."

Verwundert schüttelte der Polizist den Kopf.

„Na gut. Dann fangt mal an zu erzählen."

Heinz nahm noch einen kräftigen Schluck Wein und begann dann fast schon in einer unheimlichen Stimmung an zu erzählen.

„Alles begann an dem Tag, an welchem die Bermels nach Rheinbreitbach kamen. Sie waren heruntergekommen, ungewaschen und hatten lange ungeschnittene Haare. Jeder im Ort hatte Angst vor ihnen und so schloss jeder Bewohner im Ort die Fenster und Türen zu. Als herauskam, dass Herr Bermel als neuer Bergmann in der Grube Virneberg seinen Dienst tun würde, kursierten bald furchtbare Geschichten herum. So zum Beispiel, dass immer dort Menschen zu Tode kommen würden, wo Herr Bermel gerade arbeitete. Angeblich sollte der Mann mit dem Teufel im Bunde stehen, damit dieser die Seelen der Verstorbenen bekomme. Diese Vorstellung versetzte zu Recht viele Menschen, vor allem Bergleute, in Angst und Schrecken. Denn wie sich bald herausstellte war Herr Bermel ein gewissensloser Mann. Er trieb die Männer wie Vieh an und verlangte ihnen das Äußerste ihrer Kräfte ab, obwohl er keinerlei Recht dazu hatte. Herr Bermel tyrannisierte die Bergleute regelrecht und sie bekamen immer mehr Angst vor ihm, sodass die Männer lieber noch schwerer arbeiteten als sich gegen Herr Bermel zu wehren. Dies sah natürlich Bergwerksdirektor Bleibtreu mit Freuden, weil somit die Förderung auf Hochtouren lief und er hohe Gewinne einstrich. Somit beförderte der Direktor Herr Bermel bald zum Steiger der Bergleute, sodass seine Schinderei nun auch rechtlich legitimiert wurde. Bermel bekam als Steiger auch eine bessere Wohnung gestellt, sodass er in die Marienberger Schmelzhütte einzog. Gleichzeitig erhielt er noch einen höheren Lohn, was die Bergleute natürlich erzürnte und dessen Neid hervorrief. Hinter seinem Rücken fluchten und schimpften sie und wünschten der Familie Bermel die Pest an den Hals."

Heinz unterbrach seine Erzählung, um wieder einen Schluck Wein zu trinken. Doch der Polizeiwachtmeister konnte nicht warten.
„Und was geschah dann?", fragte er ungeduldig. Georg erzählte nun die Geschichte weiter.
„Doch die Situation verbesserte sich nicht. Ganz im Gegenteil. Als die Tochter von Steiger Bermel geboren wurde, ließ er noch härter arbeiten und zwang die Bergleute teilweise für einen Hungerlohn die Nacht durchzuarbeiten, damit er vom Direktor einen Extralohn bekäme. Das war selbst für die Bergleute zu viel und sie begannen sich heimlich zu treffen, um dem Steiger Bermel eins auszuwischen. Wir waren auch einmal auf einen dieser Treffen und haben dort mitbekommen wie Michael vorschlug, dass man Steiger Bermel mit einer brutalen Gewalttat bis ins Mark treffen sollte. Als wir beide dann am Sonntag Michael mit dem Messer in der Hand aus dem Wald kommen sahen und von dem Kindsmord der Bermels erfuhren, wussten wir natürlich sofort, was Sache war."

Der Polizeikommissar hatte die ganze Aussage auf seinem Notizblock mitgeschrieben. Nun schaute er die beiden Jungen noch einmal an.

„Nun ja, wenn das stimmt, was ihr sagt, dann hätte Kerpner ja wirklich ein Motiv gehabt. Aber ich frage mich, warum er die Tochter getötet hat?"

„Um dem Steiger eins auszuwischen. Verstehen Sie das nicht?", antwortete Heinz fast schon entrüstet. Der Wachtmeister bewegte nur leicht den Kopf.

„Doch. Doch. Aber ihr seid ganz sicher, dass es Kerpner gewesen ist, der da am Sonntagmorgen mit dem Messer aus dem Wald kam."

Beide Lehrlinge nickten überzeugt.

„Ja. Wir wissen sogar, wo er das Messer hingeworfen hat."

Der Wachtmeister zwirbelte seinen Bart. Dann stand er vom Stuhl auf.

„Gut. Morgen früh, bevor ihr zur Arbeit geht, zeigt ihr mir, wo er das Messer weggeworfen hat. Ich werde es dann als Beweisstück mitnehmen."

Die beiden Lehrlinge standen nun ebenfalls von ihren Stühlen auf.

„Gut. Wir sind morgen früh bei Sonnenaufgang bei Ihnen."

„Aber seien Sie fertig angezogen, sonst verlieren wir unsere Arbeitsstelle. Es wird schon so knapp genug mit der Zeit werden."

Der Wachtmeister machte nur eine beruhigende Bewegung mit der Hand.

„Ich werde schon fertig sein. Nun geht aber. Wir werden morgen weitermachen."

Die beiden Lehrlinge schickten sich nun an zu gehen. Doch als sie beide in der Tür zum Flur standen, drehte sich George noch einmal mit unsicherem Blick zum Wachtmeister um.

„Herr Wachtmeister. Sie werden doch Michael Kerpner festnehmen oder? Sonst kann ich den Rest meines Lebens nicht mehr ruhig schlafen. Wer weiß, ob er nicht auch uns umbringen wird, wenn er das hier erfährt."

„Er wird es nicht erfahren. Und nun schlafen sie gut.", verabschiedete sich der Wachtmeister. Danach schloss er die Türe und ging an den Tisch zurück. Als er sich seine beschriebenen Notizblätter noch einmal vornahm, begann er zu lächeln.

„Gott Sei Dank ist der Fall vom Tisch. Da bin ich nächste Woche wieder im schönen Koblenz und kann in meiner Lieblingskneipe Streife schieben."

4. Kapitel: Die Verhaftung

Es war Mitten in der Nacht als plötzlich jemand mit kräftigem Handschlag gegen die Türe der Marienberger Schmelzhütte pochte. Im Haus brannte das Licht einer Öllampe und man sah durch das Fenster, dass sich eine große kräftige Gestalt der Tür näherte. Es war Steiger Bermel, der die knarrende Türe öffnete und hinaussah. Draußen stand ebenfalls ein kräftiger, breit gebauter Mann mit dunklem langen Vollbart und wuschligen Augenbrauen. Auf dem Kopf trug er eine kleine runde Pelzmütze. An den Füßen hatte er ein paar einfache schon leicht zerschlissene Stiefel. Den Rest des Körpers hatte der Mann in einen einfachen Mantel gehüllt. Als Steiger Bermel ihn erkannte, lächelte er leicht.

„Ahh. Glück auf Hebolin. Das hätte ich mir denken können. Du bist immer der erste Mann der Kochermannschaft. Komm doch rein."
Hebolin verzog keine Miene.

„So ist es!", antwortete er mit einem leichten Akzent und ging an Steiger Bermel vorbei in die Werkshalle der Schmelzhütte. Steiger Bermel schloss die Tür und folgte ihm.
„Ich habe euch schon die Kohlen für die Öfen und vor allem Wasser zum Trinken bereitgestellt. Falls ihr noch mehr Wasser braucht, dann könnt ihr euch noch welches vom Bach holen."

„Ist gut.", war nur die Antwort.
„Musst du heute nicht zur Arbeit?"
„Nein. Direktor Bleibtreu hat mir ein paar Tage wegen dem Vorfall mit meiner Tochter frei gegeben.", antwortete Bermel.
Hebolin nickte nur nüchtern mit dem Kopf.
„Schlimme Sache. Musst du durch."
Steiger Bermel antwortete nicht darauf. Inzwischen nahm Hebolin seinen Hut ab, hängte ihn an einen Haken und band sich eine lederne Schürze um. Auf den Kopf setzte er eine lederne Haube, die den ganzen Kopf und die beiden Ohren bedeckte. Nachdem Hebolin sich so fertig gemacht hatte, schritt er zielstrebig auf einen der großen aus Stein gemauerten Schmelzöfen zu. Dieser war etwa 1m lang, 0,60m breit und 2m hoch. Insgesamt sah der Ofen wie ein einfacher Kamin aus, der oben eine freie Öffnung und unten einen Ausguss für das siedende Kupfer hatte. Dahinter war ein großer Blasebalg

installiert, der über eine Öffnung Luft ins Innere blasen sollte.

Vor dem Ausguss war ein einfacher Schmelzkessel zu sehen, der etwa 60cm in die Erde eingelassen war. Dieser Kessel bestand aus Lehm und Sand und hatte einen Durchmesser von etwa 50cm. Hebolin ging nun auf den Schmelzkessel zu, kniete sich hin und fasste mit bloßer Hand hinein.

„ Ich brauche Lehm.", meinte Hebolin und tastete weiter vorsichtig die Wände des Kessels ab.

„Die Kesselwand ist beschädigt."

Hebolin stand auf und nahm sich einen Eimer, der neben der Türe lag. Danach ging er stillschweigend hinaus. Steiger Bermel schaute ihm nach.

„Das ist schon ein komischer Kauz.", sagte er leise zu sich und ging in die Wohnstube hinüber, wo seine Frau gerade den Tisch für das Frühstück deckte.

Wenig später kam Hebolin mit dem Eimer in der Hand zurück. Er hatte den Eimer bis zum Rand mit ockerfarbenem Lehm gefüllt und stellte ihn neben den Schmelzkessel. Wieder kniete sich Hebolin vor die Ausschachtung in der Erde und begann mit dem Lehm die Löcher und Schäden im Kessel auszubessern. Dabei kam er ganz schön ins Schwitzen. Als er damit fertig war, ging Hebolin zum nächsten Kessel hinüber. Dort setzte er seine Arbeit fort. Doch auf einmal klopfte es an der Türe. Hebolin schaute auf. Durch das Fenster neben der Türe schien die aufgehende Morgensonne herein.

„Hebolin.", rief Steiger Bermel und kam kurz in die Werkshalle hinein „Mach doch bitte die Türe auf. Es werden deine Lehrlinge sein."

„Ja.", grummelte Hebolin und stand auf, um die Türe zu öffnen. Steiger Bermel hatte Recht gehabt. Es waren die beiden Lehrlinge Heinz und George, die draußen an die Türe geklopft hatten. Nun kamen sie zusammen in die Werkshalle und zogen sich genau wie Hebolin eine lederne Schürze und eine Haube an. Steiger Bermel stand immer noch in der Werkshalle und schaute sie an.

„Glück auf, Steiger Bermel.", riefen ihm Georg und Heinz zu. „Haben Sie heute keine Schicht zu fahren?"

Steiger Bermel schüttelte den Kopf.

„Nein. Heute mal nicht. Der Direktor hat mir frei gegeben."

Daraufhin drehte sich Steiger Bermel bedrückt um und ging stillschweigend zurück in die Wohnstube, wo seine Frau wartete. George und Heinz blieben wie angewurzelt stehen und schauten ihm mitfühlend nach.

„Was steht ihr hier so blöd rum?", schnauzte sie auf einmal Hebolin mit seinem ausländischen Akzent an. „Wir müssen arbeiten. Ihr seid nicht hier, um faul zu sein. Die Köhler werden gleich kommen. Wir haben kaum noch Holzkohle und das Kupfererz wird auch noch angeliefert. Bis dahin will ich einen Ofen beschichtet haben. Also an die Arbeit. "

Nachdem Hebolin das gesagt hatte, machten sich die beiden Lehrlinge ohne zu zögern daran, einen der vielen Schmelzöfen zu beschichten. Sie holten Holzkohle und Kupfererz in großen Eimern aus den Vorratsräumen und stellten sie vor einen der großen Öfen. Danach fingen sie an den Ofen mit dem Erz und der Kohle zu beschichten. Zuerst füllten sie einen Teil des Kupfererzes in den Ofen hinein. Auf diese Erze kam eine Lage Holzkohle. Auf die Holzkohlen kamen wieder Kupfererze und auf diese wieder eine Schicht Holzkohlen. Diese Prozedur wiederholte sich so lange bis der Ofen bis oben hin gefüllt war. Als Georg und Heinz fast fertig waren, kam Hebolin zu ihnen.

„Gut. Ihr seid fertig. Der Köhler ist mit seinen Maultieren da. Komm runter, George. Du hilfst mir beim Abladen." George tat wie ihm geheißen. Er ging nach draußen. Hebolin folgte ihm. Doch bevor er sich umdrehte, meinte er noch zu Heinz.
„Zünd den Schmelzofen an. Du weißt ja wie das geht."
Heinz nickte nur kurz, stapelte die restlichen Erze und Kohlen auf und entfachte das Feuer im Ofen. Schnell fing die Holzkohle Feuer und begann kräftig an zu qualmen. Eine dicke Russwolke stieg den Raum empor und vernebelte die Sicht. Jetzt nahm Heinz den riesigen Blasebalg in Betrieb, der von dem Wasserrad der Schmelzhütte über Keilriemen angetrieben wurde. Auf und ab senkte sich die riesige Konstruktion und der Blasebalg blies nun kräftig warme Luft ins Innere des Ofens. Im Inneren sah man nun, dass die Kohlen anfingen zu glühen und die Temperatur nicht nur im Ofen immer weiter anstieg. Bald liefen Heinz die Schweißperlen die Stirn herunter und tropften ihm von der Nase herab auf den Boden. Währenddessen schleppten Hebolin, Georg und der Köhler die Körbe voller Holzkohle ins Lager. Ihnen lief ebenfalls der Schweiß von der Stirn, aber nicht wegen der Hitze des Feuers, sondern wegen der Last der Körbe. Nachdem Hebolin und George die Körbe abgeladen hatten und der Köhler wieder verschwunden war, begannen sie einen weiteren Ofen zu beschichten. Genau wie beim ersten Ofen holten sie Holzkohle und Kupfererze herbei und stapelten sie im Ofen. Doch kurz nachdem sie das Schichten begonnen hatten, begannen die Kupfererze in

Heinz Ofen zu schmelzen, sodass das flüssige Rohkupfer zusammen mit den Schlacken aus dem Ofen heraus in den Schmelzkessel lief. Genau bis zum Rand füllte sich der Kessel mit dem rotglühenden Kupfer und Heinz musste sich ein wenig beeilen, die sich auf dem siedenden Kupfer befindlichen Schlacken mit einem Holz abzuschöpfen. Nachdem er das getan hatte und nur noch das heiße flüssige Kupfer in dem Kessel war, nahm sich Heinz einen Besen und tauchte diesen in einen Wassereimer. Mit dem nassen Besen bespritzte er die Oberfläche des siedenden Kupfers, die daraufhin zu einer harten Kruste erstarrte. Diese Kruste nahm Heinz mit einem Haken vom noch darunter siedenden Kupfer ab und legte sie neben den Schmelzkessel. Diese Prozedur führte er so lange durch bis der Kessel gänzlich leer war. Zum Schluss lagen neben dem Schmelzkessel 54 Kupferplatten, die Heinz aus dem Kupfer gewonnen hatte.

„Hebolin. Wo sollen wir die Kupferplatten hinlegen?", rief Heinz zu ihm hinüber.

„ Stapel sie dort in dem Lagerraum, Heinz.", antwortete jedoch Steiger Bermel, der unerwartet hinter ihm stand. Heinz drehte sich verschreckt um.

„Steiger Bermel. Ich habe sie gar nicht in die Werkshalle kommen hören."

„Nicht schlimm, Heinz. Das heißt ja, dass du dich auf deine Arbeit konzentrierst. Wenn ich richtig gezählt habe, sind es 54 Platten oder?"

Heinz nickte zustimmend mit dem Kopf.

„Gut. Dann bring die Kupferplatten hinüber, wenn sie kalt sind. Hebolin und Georg werden in der Zwischenzeit den zweiten und dritten Ofen beschichten und du kannst dann mit deinem wieder anfangen, sobald die Lieferung von der Virneberger Grube da ist. Vergiss aber nicht die Anzahl der Platten zu notieren"

Abermals nickte Heinz mit dem Kopf und begann die Kupferplatten in den Lagerraum hinüber zu tragen. Hebolin und George beschichteten wie von Steiger Bermel vorausgesagt den zweiten und dritten Ofen, aus denen dann auch schon kurze Zeit später kräftiger Rauch quoll. Die Schmelze lief nun auf Hochtouren und ein scheinbar unaufhörlicher Strom von flüssigem, rotglühendem Rohkupfer floss immer wieder in die Schmelzkessel hinein. Immer mehr Kupferplatten stapelten sich bald darauf im Lager, sodass Hebolin Sorge hatte, dass Ihnen das Erz bald ausgehen würde, wenn nicht bald Nachschub käme. Für Steiger Bermel und die Lehrlinge war das kein so großes Problem. Es wäre für sie eher eine entspannende Pause bei der Hitze in der Schmelzerei gewesen. Jedoch wäre es für Hebolin nicht so gut gekommen. Als Schmelzmeister war er für die Arbeiten an den Öfen verantwortlich und somit musste er sehen, dass die Produktion weiterging. Doch einige Zeit später klopfte es schon an die Türe. Hebolins Sorge war unberechtigt gewesen. Draußen stand ein Jüngling, der mehrere Maultiere an einem Zügel mitführte. An den Maultieren hing jeweils links und rechts ein Korb mit Kupfererzen herunter. Ohne zu zögern machten sich alle daran, die Körbe in die Schmelzhütte hineinzutragen. Nur George blieb an seinem noch brennenden Ofen stehen. Er musste bereit sein, wenn das Kupfer in den Schmelzkessel floss.

Doch auf einmal kam ein Junge durch die Türe gestürmt. Er war total außer Atem und rang mit tiefen Atemzügen nach Luft. Es war ein Ausschläger von der Virneberger Grube. Steiger Bermel erblickte ihn als erster.

„Junge. Was bist du so außer Atem? Warum bist du nicht bei der Arbeit?"

Der Junge stützte sich mit seinen beiden Händen auf die Oberschenkel. Immer noch Rang er nach Atem.

„Steiger Bermel. Ich suche sie. Der Wachtmeister hat den Mörder ihrer Tochter festgenommen!"

„Wie?", stieß Steiger Bermel aus und riss die Augen weit auf.

„Wer war es, Junge? Sprich weiter!" Steiger Bermel schüttelte mit beiden Händen den Jungen.

„Der Wachtmeister hat eben den Hauer Kerpner festgenommen!"

„Was? Michael?", schrie Steiger Bermel entsetzt aus. Das konnte er unmöglich glauben. Währenddessen warfen sich George und Heinz selbstsichere Blicke zu. Dabei störte sie jedoch sofort Hebolin, der ihnen mit einem Kopfnicken verständlich machte weiter zu arbeiten. Doch Steiger Bermel lenkte die Aufmerksamkeit immer wieder lautstark auf sich zurück. Denn schockiert von dieser Nachricht, fragte er den Jungen weiter aus.

„Bist du dir sicher Junge, dass es Kerpner war und niemand anders?"

Der Junge nickte zustimmend.

„Ja. Ich hab es doch mit eigenen Augen gesehen! Kerpner wurde vom Wachtmeister vor versammelter Mannschaft verhaftet. Die Kumpel sind alle maßlos erschüttert."

Steiger Bermel schüttelte nur den Kopf über das, was er da hörte. Sein Kopf lief hochrot an.

„ Wo sind sie jetzt?"

Der Ausschläger zeigte zum Ort hinunter.

„Der Wachtmeister müsste mit ihm schon fast im Ort sein."

Ohne ein weiteres Wort zu sagen rannte Steiger Bermel los. Mit großen und weiten Schritten lief er den Weg hinunter zum Ort. Vorbei am Blutkreuz seiner kleinen Tochter und der alten Ziegelei. Der Fahrtwind strich ihm durch die Haare und schnell kam er an die Weggabelung, die nach Rheinbreitbach hinunterführte. Steiger Bermel schossen die Bilder in den Kopf wie Michael mit ihm zusammen das Blutkreuz für seine Tochter errichtet, den Leichnam aufgebahrt und Trost gespendet hat. Was für ein Hohn! Je mehr Bermel lief und darüber nachdachte, desto größer wurde seine Wut auf Michael. Bald tauchte vor ihm die Torpforte von Rheinbreitbach auf, die er ohne zu zögern passierte. Und dann sah Bermel ihn: Michael Kerpner. Er hockte mit gefesselten Händen auf einem kleinen Schlagkarren, der langsam von einem Pferd davon gezogen wurde und die Korfjasse hinunterfuhr. Sein Kopf war zur Erde gesenkt. Seine Kleidung noch ganz staubig vom Bergwerk. Neben ihm saß der Wachtmeister zusammen mit einem Bauern, der den Karren führte.

Bermel war wesentlich schneller als sie und kam somit rasch an den Karren heran. Unbemerkt näherte er sich dem Gefährt und riss mit einem Mal Michael Kerpner vom Wagen herunter. Dieser fiel rücklings auf die harte Straße hinunter während der Karren gemütlich mit dem Wachtmeister darauf weiter fuhr. Michael wusste gar nicht wie ihm geschah und blieb verwirrt am Boden liegen. Doch Bermel griff sich Michael am Kragen, stellte ihn auf die eigenen Beine und schüttelte ihn kräftig mit beiden Händen.

„Hast du meine Tochter umgebracht? Sag es Michael! Hast du es getan?!"

Bermel schüttelte Michael immer stärker. Er packte mit beiden Händen immer kräftiger zu, sodass Michael vor Schmerzen und Angst an zu schreien fing.

„ Nein Bermel. Das muss ein Missverständnis sein. Ich habe nichts getan. Das habe ich doch auch schon dem Wachtmeister erzählt. Die haben ja noch nicht einmal stichfeste Beweise! Doch niemand glaubt mir ja!"

Jetzt erst bemerkte der Wachtmeister die Situation und ließ den Karren anhalten. Geschwind sprang er vom Karren herunter und lief zu Bermel und Kerpner hinüber.

„Halt! Bermel was machen sie da?!"

Doch Bermel ignorierte es einfach. Er schaute Kerpner tief in seine angsterfüllten Augen. Dann fragte er ihn noch einmal etwas ruhiger.

„Michael. Hast du meine Tochter umgebracht?"

Kerpner schüttelte nur verzweifelt den Kopf.

„Nein Bermel. Ich habe nichts getan. Ich habe deine Tochter genau so lieb gehabt wie du. Du weißt, dass es schon immer mein Traum gewesen ist, eine eigene Tochter zu haben, die ich jedoch nie haben durfte. Niemals hätte ich der Kleinen etwas antun können und das weißt du auch. Bitte hilf mir!"

In diesem Moment war der Wachtmeister bei den Beiden angekommen. Er packte Michael am Arm und schaute zu Bermel.

„Was machen Sie mit dem Gefangenen hier! Wenn ich wollte, könnte ich das als Hilfeleistung zur Flucht deuten! Verschwinden Sie Bermel. Die Justiz wird sich um den Mord an ihrer Tochter kümmern!"

Bermel reagierte erst nicht darauf. Eine Weile schaute er Kerpner noch in die Augen. Er sah dort einen Menschen, der in Angst und Verzweifelung verweilte, aber kein Mörder war. Bermel dachte nach und begann Kerpner ein wenig glauben zu schenken. Langsam drehte er sich zum Wachtmeister hin.

„Wenn Sie mich noch einmal so anfahren, werde ich mich wegen ihres taktlosen Benehmens über Sie beschweren gehen. Haben Sie mich verstanden! Schließlich geht es hier um meine Tochter und nicht um ihre!"

Der Wachtmeister machte ein düsteres Gesicht und knirschte mit den Zähnen. Ohne ein weiteres Wort führte er Michael ab. Kurz bevor sie den Karren wieder bestiegen, rief Steiger Bermel die Korfjass hinunter.

„Ich glaube dir!"

Daraufhin fuhr der Karren davon.

Am selben Tag noch suchte Bergwerksdirektor Bleibtreu Steiger Bermel in dessen Schmelzhütte auf, um mit ihm über die Verhaftung von Michael Kerpner zu sprechen. Er war sichtlich aufgebracht und erschüttert über die Festnahme des doch eigentlich vorbildlichen jungen Bergmannes. Doch gleichzeitig sagte er auch, dass es gut wäre, dass der Kindsmörder so schnell gefasst worden wäre und ihm nun die gerechte Strafe zu Teil werde.

Steiger Bermel hingegen, der eigentlich noch aufgebrachter als der Direktor Bleibtreu hätte sein müssen, blieb dabei ganz ruhig. Er sagte nichts zu all jenem. Seine Frau tat es ihm nach. Kurz bevor Bleibtreu gekommen war, hatten beide noch über Kerpner und den Mord miteinander gesprochen. Bermel hatte seiner Frau den Vorfall in Rheinbreitbach geschildert und beide waren sie sich sofort einig: Kerpner hätte so etwas nicht tun können. Er hatte ja schon immer Mitleid gehabt, wenn ein Schwein oder ein anderes Tier mit dem Messer geschlachtet wurde. Ihm wurde immer schlecht von dem vielen Blut. Wie sollte er da bitte ein kleines Kind erstechen können und vor allem warum? Aus Spaß? Nein, Michael Kerpner konnte es nicht gewesen sein. Doch dies musste erst einmal bewiesen werden. Deshalb schwieg das Ehepaar Bermel erst einmal zu der Verhaftung von Kerpner. Lediglich sagte Herr Bermel: „Man darf bei einem Menschen nicht nur die Oberfläche betrachten, Direktor Bleibtreu."

Daraufhin schaute Bleibtreu Steiger Bermel mit leicht zusammen gekniffenen Augenbrauen an.

„Wie meinen Sie denn das jetzt, Steiger Bermel?"

„Ich meine, dass man immer schauen muss, was für eine Persönlichkeit der einzelne Mensch hat. Man darf kein Urteil fällen, bevor man einen Menschen nicht richtig kennt."

Bleibtreu nickte mit dem Kopf.

„Da haben Sie Recht. Aber leider gibt es auch Menschen, die sich sehr gut verstellen können."

„Das mag sein. Aber diese Menschen, welche sie meinen, fallen meist ihr ganzes Leben lang negativ auf. Ihnen haftet etwas an, was ein aufmerksamer Beobachter sofort erkennen kann und diese Menschen immer wieder aufs Neue entlarvt. Die einzige Chance für diese Menschen ist ein richtiges Selbstwertgefühl oder Selbstbewusstsein aufzubauen, was nur durch Selbstdisziplin, Verantwortungsgefühl und Werteorientiertheit erreicht werden kann."

Bergwerksdirektor Bleibtreu wurde daraufhin still. Er wusste dazu nichts mehr zu sagen. Bermel hatte mit seiner Aussage Recht. Was sie jedoch mit der Verhaftung

Kerpners zu tun hatte, verstand er nicht. Bleibtreu schaute auf seine Taschenuhr.

„Ohh Gott. Es ist schon sehr spät. Ich muss zurück ins Dorf. Morgen habe ich eine lange Reise vor mir. Doch bevor ich es vergesse, Steiger Bermel. Ab morgen müssen Sie wieder die Bergmänner im Schacht anführen. Ich habe keinen anderen Bergmann zur Verfügung, der so erfahren ist wie Sie. Es tut mir Leid, aber Sie wissen ja wie die Situation ist."

Zustimmend nickte Bermel einmal mit dem Kopf.

„Also kann ich mit Ihnen dann morgen wieder rechnen?", fragte Direktor Bleibtreu noch einmal freundlich nach.

Bermel nickte abermals.

„Ja. Ich werde die Kumpel morgen früh wieder anführen."

Bleibtreu gab ihm einen Klaps auf die Schulter.

„Das ist schön zu hören. Wegen der Unregelmäßigkeiten in der Kupferproduktion werde ich noch einmal auf Sie zurückkommen, Bermel. Aber nun muss ich gehen."

Bleibtreu verabschiedete sich und verließ das Haus. Das Ehepaar Bermel blieb alleine im Haus zurück. Stille herrschte im Haus. Nur das Knacken und Knistern des Herdfeuers war zu hören. Nach einer Weile brach seine Frau das Schweigen.

„ Was willst du jetzt wegen Kerpner unternehmen, wenn du morgen früh wieder zur Arbeit musst?"

Bermel schaute auf den Boden.

„Das weiß ich nicht genau. Wir werden sehen. Erst einmal muss ich jetzt schlafen gehen. Du weißt, dass ich heute Nacht früh raus muss. Leg mir die Brote auf den Esstisch. Ich geh dann jetzt schlafen."

Frau Bermel nickte nur leicht. Traurig schaute sie zu Boden. Steiger Bermel bemerkte es und trat auf sie zu. Er nahm sie in seine kräftigen Arme.

„Sei nicht traurig, meine Liebe. Irgendwann hätte ich doch sowieso wieder hingemusst."

Frau Bermel schaute auf. Fest drückte sie ihren Mann an sich.

„Darum geht es nicht. Ich habe Angst dich auch noch zu verlieren."

Leicht streichelte Herr Bermel seiner Frau übers Haar.

„Das brauchst du nicht. Du wirst sehen, dass alles gut wird."

5. Kapitel: Im Bergwerk

Einige Stunden später verließ Steiger Bermel am frühen Morgen das Haus. Leise schloss er die Eichentüre hinter sich und ging in den noch dunklen Wald hinein. In der Hand hielt er seine Grubenlampe, den Frosch. Dieser spendete in der Finsternis zumindest ein wenig Licht. Am Gürtel hing sein Werkzeug, welches aus Schlägel, Bergeisen, Fimmel und Letthaue bestand. Darüber hinaus trug er einen kleinen Lederbeutel mit allerlei Dingen bei sich. Steiger Bermels Ziel war das Wegekreuz, welches wenige Meter vor der Unglücksstelle seiner Tochter lag. Dort versammelten sich die Kumpel immer wieder auf ihrem Weg zum Bergwerk, um noch ein Gebet vor der Einfahrt zu sprechen. Als Steiger Bermel an der Todesstelle seiner Tochter vorbeikam, hielt er kurz inne. Aus seinem ledernen Beutel kramte er eine kleine Kerze heraus. Er stellte sie vor das Kreuz und entzündete sie. Danach ging er weiter. Vor dem Wegekreuz hatten sich

schon einige Kumpel versammelt. Steiger Bermel begrüßte sie alle mit einem lauten: Glück auf!
Die Kumpel antworteten darauf genau so. Ansonsten sagte niemand etwas. Nach einer Weile begann Steiger Bermel das Gebet. Er kniete sich zusammen mit den anderen Kumpel auf den weichen Waldboden und fing an das Vater unser zu sprechen:

Vater unser, der Du bist im Himmel,
geheiligt werde Dein Name;
zu uns komme Dein Reich;
Dein Wille geschehe,
wie im Himmel, also auch auf Erden!
Unser tägliches Brot gib uns heute;
und vergib uns unsre Schuld,
wie auch wir vergeben unsren Schuldigern;
und führe uns nicht in Versuchung,
sondern erlöse uns von dem Übel.
Amen.

Danach erhoben sich die Bergleute wieder und brachen zu ihrer jeweiligen Grube auf. Ein Teil der Bergmänner ging den Weg nach Bruchhausen hinauf. Dort arbeiteten sie im St. Marienberg Bergwerk. Der andere Teil ging den Weg zum Bergwerk Virneberg hinauf, um dort seine Arbeit zu verrichten. Steiger Bermel ging zur Grube Virneberg. Zusammen mit seinem Trupp wanderte er den langen Weg zum Bergwerk hinauf. Lauthals stimmte er ein Bergmannslied an.

Glück auf! Durch schroffe Felsen geht
Des Bergmanns raue Bahn.
Er scheut die bösen Wetter nicht,

Und trotz dem Tod im Angesicht,
Und fährt wohlmutig an!

Glück auf! In Schacht und Stollen nützt
Der Bergmann seine Zeit.
Er dient dem Vaterlande treu,
Und dabei lebt er froh und Freitag
In Fleiß und Redlichkeit.

Dem Fürsten und dem Vaterland
Glück auf, Glück auf, Glück auf!
Und jedem deutschen Biedermann,
Der seiner Pflicht sich opfern kann,
Glück auf, Glück auf, Glück auf!

Nachdem die Bergleute das Lied beendet hatten, dauerte es auch nicht mehr lange, bis die Grube Virneberg in Sicht kam.

Das Bergwerk bestand aus mehreren einzelnen Werksgebäuden. Alle waren sie aus rotem Backstein gebaut. Das eine Gebäude war ein Pochwerk mit großen Hämmern, wo das Erz zerkleinert wurde. Ein kleiner Bach, der weiter oben zu einem großen Stausee aufgestaut worden war, trieb die Hämmer über ein hölzernes Wasserrad an. Ein anderes Gebäude war eine Schmiede, in welcher das Werkzeug der Bergleute gewartet und verbessert wurde. Ein wieder anderes hatte einen großen langen Schornstein. Dort wurde das in den Pochwerken zerkleinerte Erz entschwefelt. Jedoch das markanteste Gebäude unter Ihnen war der Förderturm, welcher auf einer Bergkuppe über die anderen Gebäude hinwegthronte. Der Förderturm war ein einfacher Bruchsteinbau, der einen etwa 12m hohen Turm und angrenzend einen etwa 5m hohen Anbau mit großen gläsernen Fenstern hatte. Dieses Gebäude war das Ziel von Steiger Bermel und seinen Kumpel. Doch bevor sie den kleinen Hügel zum Fördergerüst des Bergwerks erklommen, versammelten sich die Bergleute noch einmal vor einem großen Holzkreuz. Das Kreuz stand vor einer großen Schutthalde und in seinen senkrechten Balken waren Hammer und Meißel und ein lateinischer Spruch geschnitzt. Dies war das Gebet der Bergleute, welches sie nun, kurz vor ihrer Einfahrt noch einmal beteten:

Christe du hast Dein Leben
Am Kreuz für uns gegeben.
Segne uns all und bewahre uns
vor Seelen und Leibes Gefahr.

Nach dem Gebet stiegen Steiger Bermel und die Männer den kleinen Hügel zum Förderturm hinauf. Stillschweigend betraten sie das Gebäude durch ein rundes Portal. Im Inneren des Turmes sah man den Förderkorb, der aus einfachen Holzlatten zusammen gezimmert war und an langen starken Seilen an einem hölzernen Gerüst hing. Dieses Gerüst war aus starken und dicken Holzbalken gefertigt und reichte bis zur Decke des Turmes hinauf. Dort war ein großes Rad angebracht, über welches die dicken Seile auf und ab liefen und mit Hilfe von zwei am Boden stehenden Eseln über verschiedene hölzerne Räder auf bzw. abgerollt wurden.
Der Förderkorb schwebte über einem schwarzen und tiefen Schacht, der mehrere Meter in die Tiefe hinabführte und aus dem eisige Kälte emporstieg. Nur ein

paar mannshohe teilweise schon stark zerschlissene Holzlatten waren provisorisch um den Schacht herum angebracht worden, damit niemand aus versehen hinunterfallen konnte. Doch die Bergleute hatten trotzdem gehörigen Respekt vor der Tiefe, sodass sie niemals zu nah an die Absperrung herantraten. Auch gedrängelt oder geschupst wurde hier in dem Förderturm nicht. Seinen Ärger schluckte man runter. Ein falscher Schritt, eine Unachtsamkeit des Kumpels hätte der tödliche Sturz in die Tiefe sein können. Steiger Bermel wies nun die Bergleute an, ihr Gezähe zu holen. Es lagerte im Anbau des Förderturmes in kleinen Holzkisten. Ebenfalls bewahrte man dort auch das Schießpulver zur Sprengung von Felswänden, das Öl für die Lampen und das Bauholz zur Abstützung von Stollen auf. Die Kumpel holten ihr Gezähe und nahmen sich gleichzeitig auf Geheiß von Steiger Bermel die Sachen weg, welche sie für den Arbeitstag unter Tage brauchten. Danach stellten sie sich in kleinen festgelegten Arbeitsgruppen vor dem Förderkorb zusammen und warteten, dass es in die Tiefe hinab gehe. Mehrere Männer, die das Fördergerüst den ganzen Tag über bedienten, begannen nun die einzelnen Gruppen mit dem Förderkorb in den Schacht hinabzulassen. Immer wieder läuteten sie dabei unterschiedlich mit einer Glocke, um den Bergleuten in der Tiefe Bescheid zu geben, dass der Förderkorb herunterkomme. Steiger Bermel stellte sich direkt an den Schachtabgrund und sah zu wie ein Arbeitstrupp nach dem anderen mit dem Förderkorb nach unten geschickt wurde. Immer wieder fuhr der Förderkorb nach oben und nach unten. Schnell drehte sich das Rad im Gebälk auf und ab. Dabei stimmte Steiger Bermel ein weiteres Bergmannslied an:

Hinab, hinab! Die Glocke ruft,
Ihr Brüder! In den Schacht!
Wir fahren freudig unsre Schicht,
Und achten die Gefahren nicht,
Und nichts der Grabes Nacht.

Denn wir sind Männer, früh vertraut
Mit jeder Fährlichkeit.
Dem Tode sonder Furcht und Graun
Ins drohende Gesicht zu schaun –
Hat uns Natur geweiht.

So eilen wir mit Heldentritt
Die Seigerbahn` hinab.
Und wälzten auch von ihrem Schoß
Sich wild die Elemte los:
Was gölt es mehr, als Grab?

Wir führen dann zu Tage aus,
Dann höben wir uns fern,
Nicht länger an den Todesrand
Des Erdenlebens hingebannt
Zu einem besseren Stern.

Erst als alle Kumpel in ihren Gruppen in die Grube
eingefahren waren, betrat Steiger Bermel selbst mit der
letzten Gruppe den Förderkorb, um mit ihm in die Tiefe
zu fahren. Knarrend und knirschend setzte sich der Korb
in Bewegung und Bermel und die Kumpel fuhren in die
Tiefe hinab. Dunkelheit herrschte rings um sie herum.
Nur die Grubenlichter spendeten ein wenig Licht in der
Finsternis. Bermel schaute in die Gesichter seiner

Kumpel. Sie waren blass und blickten ernst drein. Einige von ihnen hatten schwarze Ränder unter den Augen. Dennoch bemerkte Bermel, dass unter ihnen ein Neuer war. Es war ein kleiner Junge von etwa 12 oder 13 Jahren. Er trug die typische Bergmannskleidung.

„Hey. Wer bist du denn?", sprach Steiger Bermel ihn an.

Der Junge schaute zu ihm auf.

„Ich bin Johann Phillip Lotz."

Bermel nickte nur kurz.

„Und als was arbeitest du hier?"

„Ich bin Hundeläufer seit zwei Wochen."

Bermel klopfte ihm leicht auf die Schulter.

„Eine wichtige Arbeit. Ich hoffe du arbeitest gewissenhaft. Ansonsten wirst du wieder degradiert, Phillip."

Bermel zwinkerte ihm freundschaftlich mit einem Auge zu. Der Junge lächelte.

Nach kurzer Zeit hielt der Förderkorb an. Die Kumpel waren in ihrer Sohle angekommen. Steiger Bermel öffnete die Absperrung. Alle verließen sie den Förderkorb und begaben sich stillschweigend in den vor ihnen liegenden Stollen. Dieser war gerade so hoch, dass man darin gehen konnte. Manch einer von ihnen musste sich ein wenig bücken, um mit dem Kopf nicht an die Decke zu stoßen. Dicke Holzbalken stützen den Stollen ab. Stockfinster war es in ihm. Die Luft schien förmlich zu stehen und es war so schwül, dass man meinte der Hölle nahe zu sein. Nach einer Weile hörte man entfernt Hammerschläge ertönen. Ein schwacher Lichtschimmer schien den Kumpel vom Ende des Stollens entgegen. In diesem kargen Licht sah man mehrere Bergleute arbeiten. Mit Fäustel und Bohrer schlugen sie mühevoll Gesteinsbrocken aus der Felswand. Der Schweiß rann ihnen von der Stirn und ihre Gesichter waren Staub bedeckt. Hinter ihnen sah man einen kleinen Jungen arbeiten, der die Steinbrocken hinwegräumte. Er befüllte mit ihnen eine aus Holz gefertigte Lore, die auf Schienen stand. Doch die Schienen waren nichts weiter als lose Bretter, die auf den Boden lagen.

Als Steiger Bermel und seine Kumpel bei den Männern waren, begrüßte er sie mit einem „Glück auf". Die Bergleute drehten sich um und sahen die Kumpel an. In ihren Gesichtern zeichnete sich ein leichtes Lächeln ab.

„Glück auf, Kameraden. Da seid ihr ja endlich. Wir dachten schon ihr kämt überhaupt nicht mehr.", antwortete einer der Bergleute zur Begrüßung. Danach fing er an seine Sachen zu packen.

„Wir sind heute Nacht ein gutes Stück weiter in den Berg reingekommen. Dort oben zeichnet sich eine breite Kupferader ab. Könnte eine gute Ausbeute werden." Steiger Bermel schaute sich die Sache kurz an. Es stimmte. Dort zeichnete sich eine Kupferader ab.

„Das habt ihr gut gemacht.", lobte Bermel die Bergleute. „Wir werden versuchen die Ader weiter hervorzuholen. Macht jetzt Schicht, Kameraden."

Bermel klopfte dem Wortführer auf die Schulter, sodass eine Staubwolke in die Höhe schoss. Der nickte nur erleichtert und meinte:

„Kommt Jungs. Wir können nach Hause gehen." Der Arbeitstrupp packte seine Sachen und verließ Bermel und seine Leute. Der begann sofort, den Kumpeln seine Planung zu erklären.

„So. Ihr habt es eben gehört. Dort oben scheint sich eine gute Kupferader zu befinden. Wenn das stimmt, wisst ihr ja, was das bedeutet. Eine kleine Gehaltserhöhung für alle. Wir werden zuerst das Gestein zur Seite schaffen und währenddessen noch etwas weiter in den Berg vordringen. Falls die Ader dann wirklich so ergiebig ist, wie es scheint, dann werden wir mit Schwarzpulver die Felswand hier vorne wegsprengen und uns danach weiter vorarbeiten. Also los Kameraden, an die Arbeit!"

Die Bergleute verteilten sich an der Felswand und begannen mit Hammer und Meißel die ersten Gesteinsbrocken aus der Wand zu lösen. Lautes Klopfen und Hämmern schallte durch den Stollen. Die Männer fingen an zu schwitzen. Die Luft im Stollen war heute besonders schwül. Durch die herabfallenden Gesteinsbrocken wirbelte feiner Staub durch die Luft. Mit vollen Zügen atmeten die Kumpel den feinen Gesteinsstaub ein und aus. Einige von ihnen fingen daher wild und heftig an zu husten. Hinter dem Handrücken verborgen, würgten sie dann einen braunen, meist blutigen Schleimklumpen heraus, welchen sie in ein Taschentuch hineinspuckten. Die anderen Kumpel und auch Steiger Bermel ignorierten dies dann. Jeder wusste, woher der Schleim kam. Staublunge diagnostizierten die Ärzte immer wieder bei solchen Fällen. Doch was nützte es. So oder so gab es kein Heilmittel dafür und Arbeitsminderung hatten diese Bergleute sowieso nicht zu erwarten. Wer nicht voll arbeitete, der bekam auch kein volles Gehalt. Doch das Geld wurde für die Familie gebraucht. Der Husten verbunden mit dem blutigen Schleim war somit ein alltäglicher und schrecklicher Anblick, an welchen sich die Bergleute gewöhnt hatten.

Die Bergleute trieben immer weiter den Stollen in den Berg hinein. Lore um Lore füllte sich mit erzhaltigen Gesteinsbrocken und wurde von dem Hundeläufer Philipp zum Förderkorb abtransportiert. Dort wurde die

Lore mit dem Förderkorb nach oben gezogen und außerhalb des Förderturmes auf einen großen Gesteinshaufen entleert, wo die Gesteinsbrocken sortiert und mit großen Schubkarren zu den Brechern gebracht wurden.

Steiger Bermel und seine Kumpel förderten so viel wie das Zeug hielt. Sie hatten eine gute Erzader erwischt und wollten diese für ihre Schicht voll ausnutzen. Denn wie Steiger Bermel schon gesagt hatte, gab es bei einer reicheren Kupfererzförderung eine höhere Bezahlung. Doch irgendwann brauchten die Männer auch mal eine Pause. Ihre Kräfte waren am Ende und die Glieder schmerzten von der schweren Arbeit. Auch Steiger Bermel schmerzten die Arme und Beine. Er rief zu einer Pause auf, damit sich alle etwas entspannen konnten. Normalerweise war das während der Arbeitszeit verboten.

Die Kumpel legten ihr Werkzeug zur Seite und setzten sich auf Gesteinsbrocken und Werkzeugkisten. Sie wischten sich den Schweiß von der Stirn und holten ihre Brote heraus, welche sie in ihren ledernen Umhängetaschen von oben ebenfalls verbotenerweise mitgenommen hatten. Hastig aßen sie. Keiner von ihnen sprach ein Wort. Jeder von ihnen wusste, was ihnen blühen würde, wenn sie jemand hier unten erwischte. Daher dauerte die Pause auch nicht allzu lange an. Nach kurzer Zeit rief Steiger Bermel wieder zur Arbeit auf.

Alle gingen sie wieder an ihren Arbeitsplatz zurück und begannen aufs Neue Felsbrocken aus der Wand zu hauen. Doch wenig später bemerkten die Bergleute, dass sie mit Hammer und Schlägel bei der jetzt vor ihnen liegenden Felswand nicht weiterkommen würden. Steiger Bermel schaute sich die Sache genauer an. Mit seinen schmutzigen Händen strich er über die Felswand.

„Diese Gesteinsschicht scheint zu hart für unsere Meißel zu sein. Wir müssen hier mit Schwarzpulver ran. Bohrt in den Felsen mehrere Löcher hinein, damit wir dort das Schwarzpulver hineinfüllen können. Die Prozedur danach kennt ihr ja."

Ohne zu zögern setzten die Bergleute ihre Handbohrer aus den Werkzeugkisten zusammen und begannen mehrere kleine Löcher in den Felsen zu bohren. Währenddessen veranlasste Steiger Bermel, dass zwei Bergleute wieder mit dem Förderkorb an die Erdoberfläche fuhren und ein kleines Fass mit Schwarzpulver holten. Ebenfalls sollten sie die dazugehörigen Zündschnüre mitbringen. Die Bergleute waren gerade mit der letzten Bohrung fertig geworden, als die zwei Kumpel mit dem Pulverfass in den Händen wieder bei ihnen auftauchten. Sofort begannen die zwei Bergleute vorsichtig das Pulver in die Löcher zu füllen. Als sie damit fertig waren, legten sie an jede einzelne Öffnung eine Zündschnur, deren Enden sie zu einer langen Lunte zusammenknoteten. Dies war das Zeichen für die anderen Kumpel von der Felswand zu verschwinden. Alle zogen sie sich in den Stollen zurück bis auf Steiger Bermel, der die Lunte anzünden musste. Der nahm ohne groß über die Gefahren nachzudenken seine Lampe in die Hand und zündete die Lunte mit seiner Flamme an. Zischend und Funken sprühend fing diese Feuer und Steiger Bermel rannte so schnell er konnte den anderen Bergleuten hinterher. Die hatten sich bereits in einer Kauerstellung ein Stück weit entfernt in den Stollen gehockt und warteten nun auf die Explosion. Als Steiger Bermel bei ihnen eintraf, hockte dieser sich ebenfalls auf den Boden und wartete auf die Explosion. Doch nichts passierte.

Nach einer Weile löste sich einer der Bergmänner aus seiner Kauerstellung und schüttelte den Kopf. Er drehte sich zu Bermel.

„Da ist irgendetwas schief gegangen. Soll ich mal nachschauen gehen?"

Just in diesem Moment gab es einen donnernden Knall in dem Stollen. Blitze erhellten kurzzeitig die Dunkelheit. Der ganze Berg bebte unter der ohrenbetäubenden Explosion. Staub und Dreck wirbelten durch den Stollen. Kleine Steine fielen von der Decke herab. Der stehende Bergmann wurde mit einem Mal von einer starken Druckwelle erfasst und von den Beinen gerissen. Rücklings flog er durch die Luft. Erst nach einigen Metern kam er unsanft auf dem harten Stollenboden auf. Lautes Schreien tönte durch den Stollen.

Es dauerte nicht lange bis sich der Berg wieder beruhigt hatte. Einige Bergleute nahmen nun die Köpfe wieder hoch. Sie schauten sich gegenseitig in die mit Staub verdreckten Gesichter. Andere Kumpel hingegen rappelten sich sofort wieder auf. Sie eilten dem schreienden Kumpel zur Hilfe. Der war nämlich bei seiner unsanften Landung auf dem rechten Arm gelandet, sodass dieser nun völlig unnatürlich vom Rest des Körpers abstand. Der Schmerz stand dem Verunglückten ins Gesicht geschrieben und die Kumpel versuchten ihn mit allen Mitteln zu beruhigen. Doch das alles half nichts. Erst als Steiger Bermel zu ihm kam und den Bergmann kurz am Kragen packte, um ihn zur Vernunft zu bringen, beruhigte sich dieser und biss die Zähne zusammen. Währenddessen schaute sich Bermel den Arm an und beschloss den Kumpel nach oben bringen zu lassen. Er hatte zwar schon manche Ver- und Ausrenkung wieder im Stollen eingerenkt. Doch diese Sache war ihm dann doch zu heiß. Als Bermel den Befehl gab dem Kumpel eine Bahre zu holen und ihn abzutransportieren, fing dieser bitterlich an zu weinen. Er flehte Bermel an:

„Bermel. Lass mich nicht ausfahren! Ich brauche das Geld für meine Familie! Mir fehlen doch dann die Stunden!"

Bermel schüttelte den Kopf.

„Das geht nicht. Mit dem Arm kannst du nicht weiter arbeiten. Das mit dem Geld werden wir schon hinbekommen. Du weißt doch, dass bei Unfällen die Knappschaftskasse zahlt."

Doch das schien den Bergmann nicht zu beruhigen. Während ihn zwei Kumpel auf eine Bahre hievten und ihn zum Förderkorb fortbrachten sagte er nur erregt:

„Bermel. Du weißt selbst, dass das Geld, was aus der Knappschaftskasse kommt nicht reicht, um den Stundenausfall auszugleichen."

Bermel wusste darauf nichts mehr zu sagen. Der Mann hatte absolut Recht. Doch zumindest war das Geld aus der Knappschaftskasse bei einem Unfall ein kleiner Trost für den versäumten Stundenlohn. Nichts desto trotz gingen die anderen Kumpel danach wieder an ihre Arbeit. Schließlich mussten sie jetzt die aus der Felswand gesprengten Brocken zerkleinern und mit der Lore nach draußen befördern. Mehrere Stunden dauerte diese Arbeit. Doch die Arbeit lohnte sich. Die Kupferader wurde immer ertragreicher, sodass fast mit jedem Hammerschlag pures Kupfererz gewonnen wurde. Natürlich freute das die Bergleute, da dies ein höherer Lohn für sie bedeutete. Der Stollen war nun um 4-5

Meter weiter in den Berg hineingetrieben worden, sodass die Bergleute nun beginnen mussten, die Decke mit Holzbalken abzustützen. Dies sollte die letzte Tätigkeit der Kumpel sein, bevor die nächste Schicht zur Ablösung kam. Gerade als sie den letzten Balken fest gemacht hatten, waren die anderen Bergleute auch schon im Stollen zu hören. Schnell kamen sie näher. Bermel gab die Anweisung die Werkzeuge und anderen Utensilien einzupacken. Sie machten sich zur Ausfahrt fertig und wenig später war schon die gesamte Schicht wieder im Förderkorb auf dem Weg an die Oberfläche. Neben Bermel stand der kleine Phillip. Dessen Gesicht und Haare waren ganz staubig, sodass man glaubte eher einen Maulwurf vor sich zu haben als einen kleinen Jungen. Phillip schaute zu Boden. Man sah ihm die körperliche Erschöpfung unter Tage an.

„Na Phillip. Da hast du ja heute richtig viel geschafft."
Bermel klopfte ihm anerkennend auf die Schulter. Eine Staubwolke hob sich von der Bergmannsklufft. Mit einem milden und vor allem müden Lächeln dankte es ihm der kleine Junge. Als die Bergleute oben angekommen waren, öffnete Steiger Bermel die Absperrung des Förderkorbes und die Kumpel stiegen einer nach dem anderen aus. Er selbst verließ als letzter den Förderkorb.

Draußen stand bereits die Sonne schon hoch am Himmel und ihre Sonnenstrahlen drangen durch die schmutzigen Fenster ins Innere des Förderturmes. Sichtlich genossen es die Kumpel, endlich wieder Tageslicht zu sehen und sie strömten in kleinen Gruppen aus dem Werksgebäude nach draußen, um frische Luft zu atmen. Dabei mussten sie sich jedoch die Hände vor die Augen halten, da diese sich erst an das Sonnenlicht gewöhnen mussten. Als

Bermel ebenfalls das Werksgebäude verlassen wollte, bemerkte er zu seiner Verwunderung, dass neben der Absperrung die Schmelzer Georg und Heinz standen und anscheinend auf irgendetwas warteten. Bermel fand das komisch und ging auf die beiden zu:

„Hey ihr zwei. Was macht ihr hier? Solltet ihr nicht bei der Arbeit sein?"

Leicht irritiert drehten sich die zwei zu Bermel um.

„Ahh Steiger Bermel. Sie sind es. Wir wollten nur das Erz von den Pochwerken für die Schmelzhütte abholen.", antwortete George etwas verlegen.

„Ja. Aber da es eine Verzögerung beim Aufladen gab, haben wir uns gedacht, dass wir uns den Förderturm einmal von innen ansehen.", vervollständigte Heinz die Antwort. Bermel fand das etwas verwunderlich. Aber dachte sich nichts sonderlich dabei.

„Na dann passt aber auf, dass ihr nicht den Schacht hinunterfallt. Das geht schneller als man denkt."

Kurz nickte Bermel ihnen zu und ließ sie danach alleine im Gebäude zurück. Auch er wollte nun endlich die Sonne und das Tageslicht wieder genießen bevor er sich zusammen mit den Kumpel auf den Weg nach Hause machte. Als er aus dem Gebäude trat, musste er sich die Hände über die Augen halten, da diese sich noch nicht so ganz an das Tageslicht gewöhnt hatten. Bermel genoss es einfach nur so in der Sonne zu stehen. Vor allem die frische Luft tat ihm gut.

Doch plötzlich ertönte ein lauter Schrei. Er gellte aus dem Förderturm. Ohne zu zögern stürmte Bermel wieder zurück. Einige Kameraden folgten ihm. Aufgebracht schauten sie sich im Raum umher. Doch sie brauchten nicht lange, da sahen sie auch schon das Übel. Die Absperrung des Förderschachts lag zerborsten am Boden.

Der Grubenschacht lag offen. Neben ihm stand Heinz, der fassungslos hinabschaute. Bermel stürmte sofort zu ihm hin und zog ihn von der Öffnung weg.

„Heinz! Was ist denn passiert? Wo ist George?"

Doch Heinz sagte kein Wort. Langsam begannen nur seine Lippen an zu zittern und einige Tränen rannten ihm die Wangen herunter. Währenddessen bildete sich eine Traube von Bergleuten um Heinz herum. Jeder von Ihnen ahnte schon, was passiert war und auch Bermel vermutete das etwas Schreckliches mit George passiert sei. Doch er wollte Gewissheit haben.

„Heinz. Was ist passiert? Ist George in den Schacht gefallen?", fragte Bermel.

Heinz konnte sich nun fast gar nicht mehr halten und begann bitterlich an zu weinen. Jedoch schüttelte er den Kopf und stammelte nur etwas von einem Jungen. Dabei deutete er auf die Grubenöffnung. Bermel konnte das Ganze noch nicht richtig einordnen. Deshalb ließ er zur Sicherheit einen Bergungstrupp zusammenstellen, der vorsichtig mit dem Förderkorb in den Schacht hinabfahren sollte, um nachzuschauen, wer oder was in den Schacht hineingefallen war. Gleichzeitig beauftragte er einen Bergmann nach George an der Oberfläche zu suchen. Doch just in diesem Moment trat dieser aus dem angrenzenden Lagerraum hervor. Verwundert verzog dieser das Gesicht als er Heinz weinend mit Bermel da stehend sah. Sofort eilte er zu Heinz hin.

„Heinz. Was ist los?"

Doch es kam keine Antwort von ihm. George schaute Bermel an.

„Steiger Bermel, was ist passiert?"

Der schüttelte nur den Kopf.

„Ich weiß es selbst nicht." Sofort widmete Bermel sich wieder Heinz.

„Heinz. Wer ist in die Grubenöffnung gefallen?"

Heinz weinte nun wie ein kleines Kind, hielt sich die Hände vors Gesicht und stammelte nur wieder etwas von einem Jungen, der gestolpert sei. Da schoss es Bermel wie ein Blitz durch den Kopf. Er fuhr zu den Bergleuten herum und sagte:

„Wo ist Phillipp?"

Doch niemand wusste, wo er abgeblieben war. Bermel befürchtete das Schlimmste.

6. Kapitel: Die erhellende Beerdigung

Nach einigen Stunden hatten Bermel und seine Kumpel Gewissheit. Der Bergungstrupp hatte unten im Schacht einen leblosen Jungenleichnam gefunden. Dieser war durch den langen Sturz in die Tiefe total entstellt worden. Arme und Beine des Körpers waren aufgeschürft und manche Glieder waren teilweise anormal verdreht. Am Kopf klaffte eine riesige Platzwunde, welche wohl von einer Kollision mit einer Felskante herrührte.

Währenddessen hatte sich Heinz wieder ein wenig beruhigt. Er erzählte nun auch, wie sich der Unfall ereignete. Philipp hatte sich wohl an die morsche Sicherheitsabsperrung gelehnt, um sich ein wenig auszuruhen. Dabei hatte die morsche Holzkonstruktion nachgegeben und Philipp mit in den Tod gerissen. Heinz hatte noch versucht ihn festzuhalten, doch da war es schon zu spät gewesen. Deshalb hatte er so geweint.

Als der Bergungstrupp mit Philips Leiche wieder zu Tage fuhr, hatte sich vor dem Grubenschacht eine lange Gasse aus Bergleuten gebildet. Einige Kumpel nahmen den leblosen Körper aus dem Förderkorb entgegen und legten ihn auf eine bereitgestellte Bahre. Danach hoben zwei Bergmänner diese an und trugen sie durch die enge Gasse nach draußen. Jeder Bergmann, an dem sie vorbei schritten, zog ehrfürchtig seine lederne Mütze vom Kopf und folgte dem aufgebahrten Leichnam in einer kurzen Trauerprozession hinterher. Bermel war auch unter ihnen. Er musste beim Anblick des Jungen an seine kleine Tochter denken. Tränen standen ihm in den Augen. Doch er beherrschte sich.

Draußen vor dem Förderturm wartete schon ein Pferdekarren, auf welchen der Leichnam gehievt wurde. In diesem Moment kam Bergwerksdirektor Bleibtreu auf seinem Pferd angeritten. Erst jetzt hatte er von dem furchtbaren Unfall erfahren und war so schnell es ging zum Bergwerk geeilt. Er sah nur noch wie der Karren mit dem Leichnam darauf davon fuhr. Entsetzt schaute er diesem nach und wandte sich an Steiger Bermel, der stillschweigend in der Menge von Bergleuten stand.

„Mein Gott Bermel. Was ist denn hier geschehen?"

Bermel schaute ernst drein und bevor er etwas sagen konnte, schrien einige empörte Bergleute dem Direktor entgegen.

„ Ein Junge ist hier abgestürzt!"

„Ja. Wegen der morschen Sicherheitsabsperrung, die schon seit Jahren repariert werden soll!"

„Dieser Unfall war ihre Schuld, Direktor Bleibtreu!"

„Das stimmt! Unter diesen Umständen wollen wir nicht weiter arbeiten! Wir streiken!", brodelte es nun unter den Bergleuten auf.

Direktor Bleibtreu erschrak bei dem, was er da hörte und wusste gar nicht so recht, was er nun sagen sollte. Es verschlug ihm regelrecht die Sprache. Doch Steiger

Bermel half ihm in seiner Wortlosigkeit und versuchte die Bergleute zu beruhigen.

„Kumpel! Beruhigt euch. Meint ihr nicht, dass wir zunächst erst einmal unseren Kumpel beerdigen sollten, bevor wir über die Konsequenzen reden sollten. Ich bin mir sicher, dass Direktor Bleibtreu mit sich reden lassen wird und dieser Unfall nicht ohne Folgen bleiben wird."

Dabei schaute Bermel Direktor Bleibtreu an, der sich daraufhin wieder fasste und seine Stimme erhob:

„Ja. Bermel hat Recht. Ich versichere euch, dass dieser Unfall Konsequenzen für die Struktur des Bergwerkes haben wird. Doch nun lasst uns erst um unseren treuen Kameraden trauern, der doch so früh von uns Abschied nehmen musste."

Daraufhin murrten die Bergleute ein wenig, widersprachen jedoch nicht weiter und gingen vorerst wieder an ihre Arbeit.

Einige Tage später fand die Beisetzung von Philipp auf dem Breitbacher Kirchfriedhof statt. Fast alle Bergleute der Virneberger Kupfermine waren zu der Beisetzung auf dem Friedhof gekommen. Selbst Direktor Bleibtreu, der sonst nie zu solchen Anlässen anwesend war, hielt vor der versammelten Belegschaft eine persönliche Grabrede, die jeden Zuhörer im Innersten berührte.

„Meine liebe Knappschaft!

So ungewöhnlich es für mich ist, auf dieser Todeshalde zu euch zu reden, so traurig ist die Veranlassung dazu. Bei einem Zufalle, woran ein jeder von euch so lebhaften Anteil nimmt, glaub ich mich als euer Freund und Bruder, als Mensch und als Christ dazu berufen, einige Worte des Trostes und der Hoffnung zu eurem Herzen zu reden.

Kaum sind es drei Wochen, dass der brave Johann Phillip Lotz, dessen Gebeine unter diesem Hügel schon im mütterlichen Schoße der Erde ruhen, zum ersten Mal mit euch anfuhr, zum ersten Mal des Bohrers dumpfen Klang in Virnebergs Tiefen hörte, und schon hat er für dieses Leben Schicht gemacht, um in einem besseren Leben anzufahren. Ein Misstritt, deren der Bergmann so viele bei seinen Fahrten zu tun in Gefahr steht, entriss ihn unserer Mitte und machte seinem Leben ein Ende. Innigst gerührt, betreten wir heute den Anfahrweg, um ihm den letzten Beweis unserer Liebe zu geben. Traurig und finster steht ihr hier um sein Grab versammelt, aber tröstet euch: Diese Grube umfasst nicht alles von ihm. Der treue Arbeiter hat nur Schicht gemacht, und er ist ausgefahren zum ewigen Tage. Seine Seele ist bei Gott. Näher seinem schützenden Auge, macht er keinen Fehltritt mehr. Ohne Mühseligkeit steigt er sanft aufwärts seine Fahrt, das irdische Grubenlicht ist erloschen in der Klarheit, die den Seligen umgibt, ihn trifft kein Schaden des Missvergnügens, und reiche Ausbeute bezeichnet jeden Schritt, den er aufwärts wallt.

Wir aber weilen noch hier in der Teufe, und nur das matte Grubenlicht leuchtet uns auf der beschwerlichen Fahrt des Lebens. Indes, meine Freunde! Arbeit und Beschwernisse sind das Los der großen Knappschaft der Weltbürger. Sind wir mehreren Gefahren ausgesetzt als unsere übrigen Brüder, deren Lebensfahrt wir durch unsern Kunstfleiß erleichtern, so möge uns das Beispiel unseres verunglückten Gefährten auffordern, bei jedem Schritte, bei der Auf- und Einfahrt vorsichtig und behutsam zu sein. Denken wir stets daran: wir alle, wie wir uns hier ins Auge fassen, sind schon in der Lage gewesen:

Wo nur ein Schritt, ja nur ein Haar,
Mehr zwischen Tod und Leben war.

Aber wir haben sie überstanden, diese Gefahr; wir sind dadurch kühner in unserem Berufe geworden: kühner, aber auch vorsichtiger. Mögen wir endlich auch trotz unserer Vorsichtigkeit Gefahren ausgesetzt sein, die mit unserem Berufe verbunden sind, so lasset uns vertrauen auf den, der uns, wie jenen, unsere Lebensfahrt angewiesen hat, in dessen Hand wir alle sind, der uns zu Tage wie in der ewigen Teufe zu erhalten vermag. Lasst uns unsere Erdenschicht immer so redlich verfahren, dass wir den letzten Anschnitt ebenso wenig als den höchsten Nachfahrer zu scheuen brauchen, und wir werden dann den Augenblick nicht fürchten, da uns ausgepocht wird. Denken wir weiter, meine Brüder! Dass wir als brave Männer noch immer an unseren Beruf geknüpft sind, der uns allen, da er einmal begonnen ist, heilig sein muss, dass wir noch vor Ort und in der Arbeit stehen, dass es unsere Pflicht ist, unserer Landesobrigkeit, wie denen, die uns unsere tägliche Lebensausbeute verschaffen, treu zu sein. Mag`s uns auch zuweilen hart ausgehen, lasst uns still, Gott ergeben, voll christlicher Hoffnung des Lebens Zubuße ertragen, bis auch uns zum Ausfahren gepocht wird und wir dann die schon Vorangefahrenen und auch unseren verunglückten Mitbruder im seligen Genuss einer reichen Ausbeute begrüßen werden mit einem dort erst recht fröhlichen und seligen: Glück auf!"

Nach dieser Rede herrschte eine Weile lang stille. Die Männer waren zutiefst gerührt von den Worten ihres Direktors. Sie waren ein wenig milder gestimmt und die Sympathien für Bleibtreu stiegen wieder. Auch Bermel, der mit seiner Frau bei der Knappschaft stand, war zutiefst beeindruckt. So gefühlvoll hatte er den Direktor noch nie reden gehört. Nach den Schlussworten des Pfarrers löste sich die Trauergemeinde dann auf. Bleibtreu hatte der Knappschaft für den heutigen Tag frei gegeben, sodass die Bergleute als bald nach Hause gingen. Auch Bermel trat seinen Weg nach Hause an, um seinen freien Tag mit seiner Frau zu verbringen. Doch als er den Friedhof zum Koppel hin verließ, bemerkte er wie sich zwei Männer hinter der großen Friedhofseiche erregt unterhielten. Bermel schritt leise auf die Eiche zu.

„Was hast du gemacht? Ihm ein Bein gestellt. Das ist ein weiterer Mord."

„Wir mussten handeln. Er war der Einzige der unsern Plan hätte durchkreuzen können. Das Risiko war einfach zu groß. Es hieß entweder er oder wir. Also mach jetzt hier keinen Aufstand. Denk lieber mal an deinen Gewinn."

„Nein. Das kann ich nicht. So etwas kann ich nicht unterstützen. Das verbietet mir mein Gewissen. Das mit dem Kind war schon zuviel. Wenn das nicht sofort aufhört, gehe ich zur Polizei!"

„Bist du des Wahnsinns. Jetzt, da alles so wunderbar klappt. Ich habe da doch nicht umsonst beim Bergwerk das Heultheater abgeliefert, nur damit du alles jetzt versaust. Früher oder später wäre der Junge im Bergwerk sowieso krepiert. Schau doch wie der Bleibtreu die Kumpel schuften lässt. Außerdem wärst du schön blöd, wenn du jetzt zur Polizei gehen würdest. Damit bringst du uns alle nur an den Galgen. Vergiss nicht: Du steckst genau so tief mit drin wie ich auch."

Bermel konnte nicht glauben, was er da hörte. Wer waren diese beiden Männer.

„Und was ist, wenn Michael zurückkommt. Was ist, wenn er seine Unschuld beweisen kann. Dann sind wir ziemlich in den Hintern gekniffen."

„Ach quatsch. Der ist abserviert. Dafür haben wir ja schließlich gesorgt, indem der Junge den Schacht runtergefallen ist. Mach dir keinen Kopf mehr da drüber! Die preußische Justiz wird das schon erledigen."

Bermel wollte gerade vorsichtig hinter der Eiche hervorschauen, um zu sehen, wer da am reden war, als plötzlich George und Heinz hinter dem Stamm hervortraten.

Sofort sah Bermel die Zwei auf sich zu kommen und wandte sich geschwind von ihnen ab. Und er hatte Glück. Heinz und George bemerkten ihn nicht. Ganz im Gegenteil. Sie konzentrierten sich ganz darauf so unauffällig wie möglich mit leicht gesenktem Kopf den Friedhof zu verlassen.

Als sie weg waren, machte sich auch Bermel auf nach Hause zu kommen. Doch was er von dem Gespräch mitbekommen hatte, machte ihn sehr nachdenklich. Anscheinend ist Phillip nicht durch einen Unfall zu Tode gekommen, sondern absichtlich von Heinz den Schacht hinuntergeworfen worden. Aber warum hat er das getan. Und was hat Michael damit zu tun, der ja wortwörtlich von den Beiden als „abserviert" betitelt wurde. Bermel dachte noch ein wenig nach. Er musste unbedingt mit Michael über Heinz und George sprechen. Vielleicht gab es da etwas, was er jetzt noch nicht wusste. Aus diesem Grund beeilte sich Bermel nach Hause zu kommen. Er wollte so fern es möglich war noch heute einen Gefängnisbesuch bei Michael machen. Zu Hause schnappte sich Bermel deshalb ein paar Sachen und seinen ledernen Beutel, sagte seiner Frau Bescheid und machte sich auf den Weg nach Linz. Denn dort war Michael vorerst inhaftiert worden, um später mit einem Gefängniswagen nach Neuwied überführt zu werden. Es dauerte fast eine Stunde bis Bermel von Rheinbreitbach aus über die Feld- und Waldwege in Linz angekommen war und das Gefängnis am Kirchplatz erreicht hatte. Dieses war ein unscheinbarer roter Backsteinbau, der mit Gittern vor den Fenstern versehen war. Daneben stand das Amtsgerichtsgebäude. Bermel zögerte nicht lange und schritt auf die Pforte zu, durch welche man das Gefängnis betrat. Dreimal schlug er mit seiner flachen Hand gegen die Pforte. Schritte kamen näher. Ein Schloss wurde entriegelt und ein quadratischer Türspion geöffnet. Durch diesen schaute ein Wachmann heraus.

„Was wollen Sie?", fragte der Mann unfreundlich und musterte Bermel misstrauisch von oben bis unten.

„Mein Name ist Hieronymus Bermel. Ich bin hier, um einen Freund zu besuchen."

Als der Wachmann diese Antwort gehört hatte, fing dieser lauthals an zu lachen.

„Was sind Sie denn für ein komischer Vogel? Denken Sie etwa man kann hier ein und ausgehen wie man möchte!"

Bermel wusste nicht so recht, was der Wachmann damit meinte und sagte nur irritiert.

„Ich dachte, man könne die Gefangenen besuchen oder ist dies nicht so?"

Der Wachmann hatte sich inzwischen wieder etwas beruhigt und antwortete:

„Guter Mann. Sie machen mir Spaß. Es kann doch nicht einfach jeder wie er Lust und Laune hat die Gefangenen besuchen. Wo kämen wir denn da hin. Sie müssen bei der Staatsanwaltschaft um Erlaubnis fragen. Ansonsten kann ich nur, wenn Sie das wollen, dem Gefangenen etwas überbringen. Aber mehr kann ich auch nicht auf die Schnelle für Sie tun."

Bermel nickte daraufhin nur kurz und murmelte nur noch ein „Vielen Dank" heraus. Daraufhin knallte die Wache den Türspion zu.

„Ungehobelter Kerl!", dachte sich Bermel und wollte gerade enttäuscht seinen Heimweg antreten, als er auf einmal von irgendwoher eine vertraute Stimme hörte.

„Bermel! Bermel!"

Verwundert schaute sich Bermel nach links und nach rechts um. Doch er sah niemanden.

„Hier oben bin ich!", rief wieder die Stimme und Bermel schaute die Gefängnismauern empor. Oben im dritten Stock stand an einem der vergitterten Fenster ein Mann, dessen Gesicht kein anderes als das von Michael war. Als Bermel ihn erkannte, rief er sofort zu ihm hinauf.

„Mensch Michael. Was für ein Glück, dich zu sehen. Geht's dir gut? Ich wollte dich besuchen kommen, aber die Wache ließ mich nicht herein."

Michael senkte nur traurig den Kopf.

„Ja. Ich weiß. Niemand darf zu mir oder den anderen Gefangenen kommen. Doch ich bin froh, dass ich diese Außenzelle bekommen habe. So bekomme ich wenigstens ein bisschen was von der Außenwelt mit. Ansonsten säße ich wohl in einem dunklen Kellerloch."

„Das kann ich mir vorstellen, dass das schön für dich ist. Sonst bist du ja auch nur unter Tage unterwegs. Aber nun musst du mir einmal gut zu hören. Denn ich muss dich etwas fragen. "

„Was denn?", unterbrach ihn Michael.

„Hör zu. Kennst du die beiden Lehrlinge, die in der St. Marienberger Hütte arbeiten?"

70

Michael überlegte kurz.

„Ja. Ich kenn sie vom sehen her, aber nicht persönlich. Ehrlich gesagt habe ich mit denen noch nie ein Wort gewechselt."

„Kennst du einen kleinen Jungen namens Phillipp? Er arbeitet seit ein paar Tagen im Bergwerk."

Michael nickte, soweit man dies durch die vergitterten Fenster erkennen konnte.

„Ja. Ich kenne ihn. Ein pfiffiger und fleißiger kleiner Kerl. Er macht unter Tage ganz schön viel weg, findest du nicht? Wie macht er sich denn bei dir?"

Bermel stockte kurz und versuchte von dieser Frage abzulenken.

„Er machte sich ganz gut. Kennst du ihn irgendwie persönlich?"

„Nun ja." Michael stockte ein wenig. „Ehrlich gesagt ist er mein Stiefbruder."

Bermel blieb ein Kloß im Halse stecken.

„Das kannst du nicht wissen, aber meine Mutter ist vor 13 Jahren verstorben, worauf sich mein Vater eine neue Ehefrau nahm. Nun ja. Dabei ist dann Philipp herausgekommen. Aber was meintest du eben damit, dass er sich ganz gut machte? Ist irgendetwas mit ihm passiert?", hakte Michael noch einmal nach. Bermel verzog nun verlegen das Gesicht. Sollte er es Michael sagen?

„Michael. Es ist etwas Furchtbares passiert. Philipp ist abgestürzt. Vor einigen Tagen hatte er einen Unfall am Grubenschacht. Die morsche Sicherheitsabsperrung war schuld."

Nach dieser Aussage wurde es eine Zeit lang still. Niemand sprach. Nur auf dem Kirchplatz hörte man die

Schritte der Passanten widerhallen. Nach einer Weile rief Bermel noch einmal zu Michael hinauf.

„Michael. Bist du noch da?"

Daraufhin folgte ein klägliches „Ja".

Man hörte, dass Michael von dem Tod des Jungen sehr betroffen war. Bermel ergriff wieder das Wort.

„Michael lass dich jetzt nicht davon herunterziehen. Wir müssen jetzt erst einmal schauen, wie wir deine Unschuld beweisen können. Sonst habe ich bald den Verlust noch eines Kumpels zu beklagen."

Bermel hörte nun, dass Michael begonnen hatte zu weinen.

„Bermel. Es gibt keine Möglichkeit mehr meine Unschuld zu beweisen."

Bermel schaute irritiert zu Michael hinauf.

„Wieso? Wir brauchen nur jemanden, der bezeugen kann, dass du zur Tatzeit nicht am Tatort gewesen bist. Wo warst du denn am Sonntagmorgen?"

„Ich war zu Hause, Steiger Bermel.", schluchzte Michael „und bezeugen hätte es nur mein kleiner Stiefbruder."

Als Bermel das hörte, musste er einmal kräftig schlucken. Jetzt saßen sie wirklich tief in der Tinte.

„Warum hast du das mir denn nicht schon bei deiner Verhaftung gesagt?", rief Bermel zu Michael hinauf.

„Weil es mir erst später eingefallen ist. Ich war doch selbst von der ganzen Sache so überrumpelt."

Steiger Bermel knirschte mit den Zähnen.

„Hat dich sonst vielleicht jemand im Ort oder woanders gesehen? Du bist doch nachher zu uns an die Kirche gekommen, um deinen Lohn abzuholen."

„Ja. Das mag sein. Aber deine kleine Tochter wurde während der Kirchenandacht umgebracht. Ich hätte genug Zeit gehabt, um in den Wald zu eilen, deine

Tochter umzubringen und wieder zurückzukehren. So meint jedenfalls die Polizei, sei es gewesen. Ich habe jetzt einfach keine Chance mehr ohne meinen Stiefbruder. Vergessen Sie es Steiger Bermel."

Missmutig verzog Steiger Bermel das Gesicht.

„Es sieht zwar nicht besonders gut aus. Aber wir kriegen das schon hin, Michael. Nur jetzt nicht den Mut verlieren."

Michael begann jetzt nur noch heftiger an zu weinen, sodass sich schon Leute auf dem Platz umdrehten und zu ihm hochschauten.

„Steiger Bermel. Ohne Zeugen bin ich geliefert. Ich kann schon einmal mein Testament machen.", verzweifelte Michael. Bermel wusste nicht was er darauf noch sagen sollte.

„Michael. Das wird schon. Du wirst sehen."

Bermel wartete noch einen Moment bis sich Michael wieder etwas beruhigt hatte. Schließlich konnte er ihn jetzt nicht einfach so in dieser Situation zurücklassen. Es war schon schlimm genug für ihn. Dann, als Michael aufgehört hatte zu weinen, verabschiedete er sich und begann seinen langen Rückweg nach Rheinbreitbach. Denn schließlich wartete seine Frau auf ihn zu Hause.

7. Kapitel: Das Geschäft mit dem Kupfer

Am nächsten Tag ließ Bergwerksdirektor Bleibtreu verkünden, dass er zusammen mit Steiger Bermel ein neues Sicherheitskonzept für das Bergwerk erarbeiten werde, welches am St. Barbaratag vorgestellt werden sollte. Bis zu diesem nahen Termin im Dezember sollten die Kumpel wieder an ihre Arbeitsplätze zurückkehren und das Bergwerk unter größtmöglicher Vorsicht weiter betreiben. Ansonsten müsse es ganz geschlossen werden. Die Bergleute glaubten Bleibtreu und seiner Ankündigung und nahmen vorübergehend die Arbeit wieder auf. Doch alle waren sie gespannt, was für kommende Verbesserungen Bleibtreu ihnen bringen würde. Vor allem vertrauten sie auf Bermel, der für sie vielleicht eine bessere Sozialversicherung oder einen höher bezahlten Lohn aushandelte.

Nach zwei Wochen war es dann endlich soweit. Der St. Barbaratag war gekommen. Es war kalt, doch es lag kein Schnee. Wie jedes Jahr begann der Festtag mit einem Hochamt in der Pfarrkirche St Maria Magdalena zu Ehren der Heiligen Barbara. Als Zeichen ihrer Verehrung legten dafür die Bergleute ihre traditionellen schwarzen Uniformen an. Diese bestanden aus einem schwarzen Tschako, einer schwarzen Uniformjacke mit goldenen Knöpfen, einem Koppel mit Dolch und einem Paar schwarzer Stiefel. Nur Bleibtreu, der Direktor des Bergwerks, durfte als einer der wenigen einen Ehrensäbel an seiner Uniform tragen. Zu Anfang der Messe zogen die Bergleute in einem großen und imposanten Zug von den Bergwerken Virneberg und Marienberg herab und sangen dabei ihr St. Barbaralied.

O heilige Barbara Du edle Braut,
Mein Leib und Seel` sei Dir vertraut
Sowohl im Leben als im Tod
Komm mir zu Hilf in letzter Not

Komm mir zu Hilf` beim letzten End,
Dass ich empfang das heiligste Sakrament.

Dass ich bei Gott soviel erwerb,
Dass ich in seiner Gnade sterb.

Den bösen Geist weit von mir treib,
Mit deiner Hilf stets bei mir bleib!
Wenn sich mein Seel vom Leibe trennt,
So nimm sie auf in Deine Händ!

Behüt sie Gott vor höllischer Pein,
Und führ mein Seel in den Himmel ein.
Amen.

Nach der Messe und einer kurzen Mittagspause ging es dann zum traditionellen Vogelschießen im Hofe der Unteren Burg hinüber. Dort im kalten Innenhof versuchten die Bergleute mit Hilfe einer schon in die Jahre gekommenen Armbrust einen hölzernen und bunt bemalten Vogel abzuschießen. Dieser im Volksmund genannte „Papagoy" war auf einer hohen Holzstange befestigt und in mehrere Einzelteile untergliedert, die die Schützen jeweils herunterschießen konnten. Es war ein alter Brauch, der noch aus dem Mittelalter herrührte als die Breitbacher mit ihren Armbrüsten und Bögen Schießübungen machten. Sieger des Schießens war dann derjenige, der den Rumpf oder den Großteil des Vogels herunterholte.
Währenddessen wurde meist auch das traditionelle Tauziehen veranstaltet, welches zwischen den beiden Bergwerksbelegschaften St Marienberg und Virneberg ausgetragen wurde. Dieses Jahr war es besonders spannend, da die Kumpel von der Grube St. Marienberg die letzten Jahre immer wieder gewonnen hatten und es auch diesmal schafften ihre Siegesreihe fortzusetzen.

„Daran ist nur das kalte Wetter schuld!", begründeten die Verlierer unter denen auch Bermel war und zogen sich unter dem Gelächter der Sieger an einen Tisch zurück, an welchem es etwas Heißes zu trinken gab.

Zum Abend hin versammelte sich die Knappschaft der Bergwerke in der Gaststätte der Poststation. Dort fand wie jedes Jahr der traditionelle St. Barbaratanz statt, der mit einem ganzen Tageslohn jedes Bergmannes bezahlt wurde. Einige Musiker spielten dafür auf ihren Instrumenten altbekannte Volkslieder auf, zu welchen die Männer mit ihren Frauen in alt hergebrachter Weise tanzten. Die ringsherum sitzenden Leute und Zuschauer klatschten währenddessen laut mit Händen und Füßen auf und nach kurzer Zeit war das Fest schon in vollem Gange. Genau diese heitere Situation nutzte Direktor Bleibtreu nun für seine Vorstellung des neuen Sicherheitskonzeptes aus und erhob sich mit einem Kopfnicken in Richtung Musik von seinem Sitzplatz. Die Musiker bekamen dies sofort mit und unterbrachen kurzer Hand ihr Liedchen, damit alle ihre Aufmerksamkeit auf Bleibtreu richteten. Nachdem es still geworden war begann dieser seine Rede.

„Meine treuen Kameraden. Vor weniger als drei Wochen stürzte unser unerschütterlicher und arbeitsfreudiger Freund Philipp Lotz in einen unserer Schächte hinab. Dieser bedauerliche Unfall hat uns alle noch einmal auf die tödlichen Risiken hingewiesen, die in einem Bergwerk auf uns alle lauern. Doch hat es uns auch auf die teilweise veralteten und unzureichenden Sicherheitsmaßnahmen hingewiesen, die über die Jahre hinweg von keinem von uns erkannt wurden. Nun habe ich nach diesem Vorfall zusammen mit Steiger Bermel beschlossen, die Sicherheitsmaßnahmen zu verschärfen

und auch eure Knappschaftskasse neu zu organisieren. Denn das, was ihr dort einzahlt, soll auch im Notfall reichen, um euch oder eure Familien für eine Weile zu versorgen. Deshalb feiert dieses Fest der heiligen Barbara in besonderem Maße, denn sie hat euch euer Glück beschert für eure treue Arbeit eine angemessene Absicherung zu erhalten. Deshalb lebe sie hoch, die Heilige Barbara, die Schutzpatronin aller Bergleute!"
Bleibtreu nahm seinen Bierkrug zur Hand und tat einen tiefen Schluck daraus.
„Ja. Hoch Lebe die Heilige Barbara!", hallte der Ruf nun im Chor der Bergleute zurück und wurde von ihnen mit einem kräftigen Schluck Bier besiegelt. Daraufhin spielten die Musiker wieder auf und die Feier wurde mit Tanz und guten Tropfen heiter fortgesetzt. Auch Steiger Bermel war mit seiner Frau anwesend und genoss sichtlich mit ihr zusammen die tolle Stimmung. Beiden lag ein Lächeln auf den Lippen, doch innerlich war der Schmerz über den Verlust ihrer Tochter noch längst nicht verschwunden. Die Ablenkung war es, die Beide zur Feier ins Wirtshaus getrieben hatte.
An der Theke lehnten George, Heinz und Hebolin. Auch auf ihren Gesichtern war ein Lächeln zu sehen und sie leerten einen Bierkrug nach dem anderen. Nur Hebolin, der nie irgendetwas Alkoholisches trank, paffte genüsslich und in sich versunken eine lange Keramikpfeife. Als Steiger Bermel noch etwas zu trinken an der Theke holte, bemerkte Hebolin ihn noch nicht einmal und blies immer nur kontinuierlich eine Rauchwolke nach der anderen in die Luft. Steiger Bermel ließ ihn gewähren und mit seinem Bier in der Hand ging er zurück zu seiner Frau. Dabei lief er jedoch absichtlich an George und Heinz vorbei, die mit dem Rücken zur

Tanzfläche miteinander sprachen. Doch Bermel schnappte nur einige unverständliche Worte auf, die ihn nicht zufrieden stellten. Aber Bermel ließ nicht locker. Er wollte unbedingt wissen, was die beiden so zu reden hatten. Somit stellte Bermel kurzer Hand sein Bier auf einem Tisch ab, nahm seine Frau zu sich und begann zu deren Überraschung eine Polka an zu tanzen, die wie man sich denken konnte ganz nahe bei George und Heinz vorbeiführte.

„Ohh Hieronymus. Was ist denn jetzt auf einmal in dich gefahren?", fragte Bermels Frau verwundert und freute sich offenbar riesig, dass ihr Mann sie mehr oder weniger mal wieder zum Tanzen aufgefordert hatte. Doch Bermel lächelte nur leicht und ließ seine Frau gewähren, denn sein eigentliches Ziel hatte er ja erreicht. Er konnte das Gespräch von George und Heinz belauschen.

„Boah Heinz. Schau dir mal das Mädchen dort vorne auf der Tanzfläche an. Das ist doch die Tochter von Kesslers oder? Die sieht doch mal richtig herrlich aus. Knackiger Hintern, große Oberweite und ein hübsches Gesicht. Das ist doch was Feines. Findest de nicht?"

„Doch. Doch. Aber hör besser auf zu träumen. Die fängt nie und nimmer mit so einem Schwerenöter wie dir etwas an. Ich hörte ihren Vater einmal nach der Kirchmesse sagen, dass sie einen besseren Mann haben solle als einen vertrottelten, armen Bauern oder einem dummen, rüpelhaften Bergmann aus dem Dorfe."

George verzog leicht das Gesicht.

„Wie? Was stellt der sich denn unter einem besseren Mann vor? Etwa so einen klein karierten und reichen Schnösel aus der Stadt mit grau gestreiftem Anzug und Zylinder."

Heinz nickte zustimmend.

„Ja, ja. Genau so einen. Das glaube ich auch. Der läuft doch selbst immer so rum und hält sich für was Besseres, nur, weil er hier im Ort der Besitzer des einzigen Kolonialwarenladens ist."

„Ach. Machen wir uns nichts draus. Bald gehören wir auch zu denen. Nur mit dem Unterschied, dass wir reich, aber nicht eingebildet und schnöselig sind. Ich wette, da steht die kleine Kesslertochter sogar mehr drauf als auf so einen steifen Städtler."

„Meinst du wirklich? Ich glaube nicht."

„Ja klar!", antwortete George fast schon euphorisch mit einem Augenzwinkern.

„Wirst schon sehen. Nach unserem Deal heute Nacht stehen uns die Tore einer neuen, vor allem weiblichen Welt offen. Glaub mir."

Bermel erfasste das Misstrauen, als er das hörte und beobachtete George und Heinz nun umso mehr. Doch in diesem Augenblick trat Hebolin zu den beiden heran. Kurz sprach er zu ihnen nur ein paar unverständliche Worte und verließ danach unauffällig das Lokal. Nachdem er draußen war, tranken George und Heinz ihre Bierkrüge leer und folgten ihm ebenso unauffällig nach draußen.

Als beide durch die Türe des Gasthauses verschwunden waren, eilte Steiger Bermel hemmungslos von der Tanzfläche. Seine Frau war davon sichtlich irritiert, was Steiger Bermel jedoch nicht weiter störte. Er stürmte aus dem Gasthaus hinaus auf die stockfinstere Straße. Doch halt! Was war das? Dort vorne an der Straßenecke. Standen nicht dort drei finstere Gestalten zusammen. Bermel überquerte vorsichtig die Straße. So gut es ging drückte er sich flach gegen eine Hauswand. Doch nichts rührte sich. Die Gestalten hatten ihn dem Anschein nach nicht bemerkt. Langsam begann Bermel nun sich näher an sie heranzuschleichen. Bald konnte er leise Stimmen vernehmen, die nach und nach immer deutlicher wurden. Bermel erkannte, dass es George, Heinz und Hebolin waren, die dort zusammenstanden.

„Na endlich. Ich dachte schon ihr würdet heute gar nicht mehr kommen. Warum hat das denn bloß so lange gedauert?", raunte Hebolin.

„Wir haben nur gerade noch unser Bier schnell ausgetrunken."

„Schließlich haben wir ja dafür bezahlt.", antworteten George und Heinz nacheinander.

„Ach. Dafür bezahlt. Wenn ich das schon höre.", antwortete Hebolin abwertend. „Denkt lieber daran, was heute Nacht passiert. Wenn das Ding mit dem Händler durchgezogen ist, dann könnt ihr so viel Bier bestellen wie ihr saufen könnt. Doch nun lasst uns gehen. Der Händler wartet schließlich nicht auf uns."

Diese Worte versetzten Bermel in hellste Aufregung. Hatten diese drei Gauner etwa vor einen unschuldigen Händler zu überfallen? Vielleicht wollten sie Kessler, dem Kolonialwarenhändler im Ort, irgendwo auflauern. Bermel machte sich ernsthafte Sorgen.

„Nun kommt schon.", fuhr Hebolin seine Kumpane noch einmal an, bevor diese sich mit ihm zusammen in Bewegung setzten. Sie nahmen den Weg am Kirchplatz und dem immer laufenden Zippchen (Brünnchen) vorbei in Richtung der Bergwerke. Bermel verfolgte sie.

Bald hatten Hebolin und seine zwei Gefährten das Dorf verlassen. Sie verschwanden in dem stockfinsteren und dunklen Wald. Dort hätte Bermel sie beinahe in der Finsternis verloren, wenn nicht einer von den Dreien ein Grubenlicht angezündet hätte. Somit konnte Bermel dem schwachen Lichtkegel folgen, jedoch ohne zu wissen, wohin die Drei ihn führten. Erst nach und nach wurde Bermel bewusst, dass Hebolin und seine Kumpane sich in Richtung der alten Ziegelei bewegten.

Als er dort ankam, lag das alte Gebäude wie ein bedrohlicher schwarzer Schatten vor ihm. Der Himmel war bewölkt, sodass auch kein Mondlicht irgendwohin fallen konnte und somit die Ziegelei in tiefster Finsternis da lag. Nur das Grubenlicht, welches Hebolin, George und Heinz den Weg leuchtete, erhellte die Nacht. Doch plötzlich verschwand es. Bermel blieb abrupt stehen. Was war passiert? Hatten die Drei ihn etwa bemerkt und das Licht gelöscht. Bermels Herz schlug heftiger. Die Atemzüge wurden tiefer. Er wartete ab. Angespannt horchte er in die Dunkelheit. Absolute Stille. Nichts passierte.

Nach einer Weile fühlt sich Bermel wieder sicherer. Er ging weiter. Langsam und ohne große Geräusche näherte er sich der alten Ziegelei. Diese war von einer alten und hohen Backsteinmauer umgeben, welche an manchen Stellen schon große Risse und Breschen aufwies. Zielstrebig ging Bermel auf eine dieser Breschen zu. Vorsichtig schaute er ins Innere. Dort sah er das Grubenlicht wieder. Es stand auf einem alten Kieferntisch unter einem hölzernen Unterstand. Um den Tisch hockten auf leeren Fässern und Kisten Hebolin, George, Heinz und ein Fremder. Hebolin unterhielt sich mit ihm. Doch Bermel konnte sie nicht verstehen. Er war von den beiden zu weit entfernt. Bermel musste näher an sie herankommen.

Leise kletterte er über die Backsteinmauer. Dabei starrte er unentwegt auf die Vier am Tisch. Doch niemand rührte sich von Ihnen. Keiner bemerkte ihn. Bermel schaute sich im Innenhof um. Unter einem Unterstand in der Mitte des Platzes stand ein alter Ringofen. Rings herum standen einige alte Betriebsbauten. Einer davon lag direkt neben dem alten Unterstand, wo Hebolin, seine Kumpanen und der Fremde verweilten. In dieses Gebäude wollte Bermel hinein. Mit dem Rücken an der Backsteinmauer schlich er im Schutze der Dunkelheit hinüber.

Je näher er dem Gebäude kam desto deutlicher konnte er den Wortlaut von Hebolin und dem Fremden verstehen.

„Also gut. Ich gebe euch drei Fässer feinstes Lampenöl. Das bin ich bereit zu zahlen.", sagte der Fremde. Hebolin verzog das Gesicht.

„Hm. Wir hatten da eher an etwas anderes gedacht, verehrter Händler."

„Ja. Genau!" schaltete sich nun auch George ein.

„Wir wollten keinen Tauschhandel machen, sondern ein richtiges Geschäft, wo reichlich Geld bei herumkommt."
Der Händler nickte.

„Also gut. Wie viel wollt ihr?"

Eine kurze Pause trat ein. Niemand von den Dreien wusste wohl, was er antworten sollte. Währenddessen verschwand Bermel unauffällig in dem alten Industriegebäude.

„Wir wollen jeder einen Sack mit 2500 Talern.", antwortete schließlich Hebolin mit seinem ausländischen Akzent.

Der Händler schüttelte nur den Kopf.

„Viel zu viel. Das könnt ihr vergessen."

„Nein." widersprach Hebolin gereizt und zeigte mahnend mit dem Zeigefinger auf den Händler.

„Denke an deinen Gewinn. Die 1 Tonne Kupfer werden dir ein nettes Sümmchen Geld einbringen vor allem ohne die darauf gelegten Steuern."

Der Händler lächelte nur mild.

„Das mag sein. Aber du vergisst, dass ich die Herkunftspapiere noch fälschen lassen muss, damit ich das Kupfer erst verkaufen kann. Schließlich seid ihr ja kein eigenständiges Bergwerksunternehmen oder?"

Hebolin grummelte vor sich hin.

„Gut. Einverstanden. Wir einigen uns auf 2000 Taler. Aber keinen Cent weniger. Was sagst du dazu?"

Hebolin streckte dem Händler die Hand entgegen. Der zögerte nur kurz und schlug dann ein.

„Das Angebot gefällt mir. Abgemacht."

Als Bermel das gehört hatte, fiel es ihm wie Schuppen von den Augen. Hebolin, George und Heinz verkauften hier an einen Händler illegal Kupferbarren. Wahrscheinlich hatten sie die Barren irgendwie von der Marienberger Schmelzhütte abgezweigt, so wie es Direktor Bleibtreu immer vermutet hatte. In Bermel kochte die Wut. Diese Schweine besudelten mit dieser Aktion die Ehrenhaftigkeit jedes ehrlichen Bergmannes.

„Nun gut Jungs.", sprach Hebolin „ Holt die Ware her. Schließlich wollen wir das Geschäft zu Ende bringen bevor es hell wird."

George und Heinz setzten sich in Bewegung. Sie schritten zum alten Brennofen hinüber. Durch ein zerbrochenes Fenster sah Bermel, dass jeder von ihnen sich einen Spatel in die Hand nahm. Sie kratzten an dem alten Brennofen herum. Vorsichtig lösten sie einen Ziegelstein nach dem anderen. Eine dunkle Öffnung kam zum Vorschein. Nachdem sie groß genug war, legten George und Heinz die Spatel zur Seite. Eine hölzerne

Schubkarre wurde herbeigebracht. Sie begannen aus dem alten Brennofen kleine matt glänzende Kupferplatten heraus zu hieven.

„Ahh. Ich sehe schon. Ihr seid ehrliche Geschäftsleute. Sehr schöne Ware, die ihr da habt.", freute sich der Schwarzhändler.

„Hier habt ihr einen Vorschuss. Der Rest kommt später."
Mit diesen Worten stellte der Händler einen Sack voller Münzen auf den Tisch. Hebolin grinste zufrieden.

„Natürlich habe ich nur die beste Ware."
Hebolin griff nach dem Sack voller Münzen. Doch plötzlich ertönte ein lautes Scheppern. Entsetzt starrte Bermel an seinen Fuß. Er hatte eine Zinkwanne umgestoßen, die lautstark umgefallen war.

Verwirrt saßen Hebolin und der Händler am Tisch und wussten gar nicht was geschah. Im Dunkeln erkannte Hebolin schemenhaft einen Schatten. Erst jetzt sprang Hebolin auf und schrie:

„Da ist einer! Holt ihn euch"
Schlagartig ließen George und Heinz die Kupferplatten fallen. So schnell sie konnten versuchten sie dem Schatten hinterher zu eilen. Doch alles vergebens. Bermel war schon wieder in der schützenden Finsternis verschwunden. George und Heinz blieben stehen. Aufgebracht kam Hebolin zu ihnen hinübergelaufen.

„Was steht ihr hier so dumm rum? Holt eure Lampen! Wir müssen die Gestalt finden oder wollt ihr etwa, dass alles umsonst war!"

Ohne zu zögern liefen George und Heinz los, um die Lampen herbei zu holen. Doch anscheinend gefiel das dem Kaufmann ganz und gar nicht, sodass er zu Hebolin herüberkam:

„Was ist das hier für ein Aufstand? Wollt ihr, dass uns jemand entdeckt? Lasst uns das Geschäft zu Ende führen. Dann könnt ihr immer noch nach dem ungebetenen Gast suchen."

Als Hebolin das hörte, fuhr er aufgebracht zu dem Händler herum und fixierte diesen bedrohlich.

„Erst finden wir unseren neugierigen Besucher. Dann kommt die Ware. Was dagegen?"

Daraufhin war der Händler so eingeschüchtert, dass er nichts mehr zu sagen wagte und nur noch stillschweigend nickte.

Bermel, der noch einmal in die tiefe Dunkelheit entkommen war, wusste nun, dass er so schnell wie möglich die Ziegelei verlassen musste. Die Gefahr endgültig entdeckt zu werden war nun zu groß geworden. Deshalb schlich er so leise wie möglich aus seinem Versteck heraus. Die Augen immer starr auf Hebolin und den Kaufmann gerichtet.

Doch nun kamen Georg und Heinz mit den hellen Lampen herbeigeeilt. Bermel erstarrte. Damit hätte er nicht gerechnet, dass die Zwei so schnell wieder da sein würden. Der Innenhof wurde schlagartig taghell. Bermel bekam Panik. Unbedacht lief er deshalb zur nächsten Mauerbresche hinüber, um sie zu überwinden. Bermel dachte, es wäre seine einzige Chance unauffällig zu entkommen, doch Hebolin entdeckte ihn. Zwar erkannte er nicht sein Gesicht, doch schrie er sofort los:

„Dort hinten an der Mauerbresche! Da ist er!"

George und Heinz schreckten auf. Sofort liefen sie zu Bermel hinüber, der gerade versuchte sich durch die enge Mauerbresche zu zwängen.

„Scheiße!", dachte sich Bermel. „Der Spalt ist zu eng."

Krampfhaft drückte sich Bermel gegen die enge Spalte. George und Heinz würden ihn gleich zu packen kriegen, doch auf einmal gab es ein lautes knirschendes Geräusch. Ein Teil der Ziegelsteinmauer fing an zu wanken und fiel unerwartet wie ein nasser Sack zu Boden. Weißer dichter Staub wirbelte auf. Er verdeckte die Sicht. Das Durchatmen wurde schwerer. George und Heinz fingen an zu husten. Die Zwei mussten sich hinknien, damit sie überhaupt noch irgendwie Luft bekamen. Das interessierte Hebolin jedoch nicht. Aufgebracht kam er zu Ihnen hinübergelaufen und schrie:

„Ihr Waschlappen! Folgt ihm!"

Daraufhin fing auch Hebolin an zu husten. Er ging in die Knie und versuchte erfolglos auf allen Vieren wieder aus der Staubwolke zu entkommen. Bermel hingegen hatte da Glück. Die Staubwolke behinderte ihn in keinster Weise auf seiner Flucht. Ganz im Gegenteil. Sie verschaffte ihm sogar einen kleinen Vorsprung. Hastig eilte er durch den stockfinsteren Wald. Doch er war keine zehn Meter weit, da bremste ihn plötzlich ein stechender Schmerz im Fuß. Bermel musste sich an einem Baum abstützen. Er konnte den Fuß nicht mehr aufsetzen.

„So ein Mist! Was ist denn jetzt los?"

Bermel ließ sich zu Boden sinken und zog vorsichtig seinen ledernen Schuh aus. Behutsam tastete er seinen Fuß ab.

„Ahh!"

Bermel musste einen Schmerzensschrei unterdrücken. Anscheinend war ihm während seiner Flucht ein Ziegelstein auf den Fuß gefallen.

„Verdammt, was mache ich denn jetzt. Mit dem Fuß schaffe ich noch nicht einmal den Weg zu mir nach Hause. Ich muss hier irgendwie verschwinden."

86

Doch groß Zeit darüber nachzudenken hatte Bermel nicht. Denn mittlerweile hatte sich der aufgewirbelte Staub gelegt und seine Verfolger folgten ihm nun mit den hellen Lampen in den düsteren Wald. Es würde nicht mehr lange dauern, dann würden Sie ihn hier am Baum finden. Bermel zog sich mit seinen kräftigen Armen hinter einen umgestürzten Baumstamm zurück. Wer weiß, vielleicht mit etwas Glück würden sie ihn hier übersehen. Gespannt beobachtete Bermel unter dem Baumstamm hindurch wie Hebolin mit seinen Kumpanen den Wald durchforstete. Jeden einzelnen Busch und jeden Strauch durchkämmten sie. Doch niemand fand etwas. Erst nach einiger Zeit blieb George wie angewurzelt stehen. Sein Blick war auf den umgestürzten Baumstamm gerichtet, unter dem Bermel sich versteckte. Er schien Bermel direkt in die Augen zu starren. Bermel blieb ruhig. Er sagte sich, dass George ihn durch die Dunkelheit hindurch nicht sehen könne. Doch George bewegte sich nun in seine Richtung. Lautlos presste sich Bermel noch fester an den alten Baumstamm. Er betete im Stillen, dass George an ihm vorübergehen würde. Doch die Schritte kamen immer näher. George stand nun direkt vor dem alten Baumstamm und leuchtete mit seiner Laterne den Fußboden ab. Kurz bevor George den Baumstamm ausleuchten wollte, ertönte Hebolins Stimme: „Habt ihr irgendwen gefunden?"

„Nein." antworteten George und Heinz gemeinschaftlich im Chor.

„So ein Mist. Dann ist uns der Kerl entwischt. Kommt zurück und lasst uns so schnell wie möglich unser Geschäft abschließen und hier verschwinden. Nicht, dass hier noch die Polizei auftaucht." George, Heinz und Hebolin gingen zurück in die alte Ziegelei, wo immer noch der Händler auf sie wartete. Es dauerte eine Weile, bis die Stimmen in der Ziegelei und die hell erleuchteten Laternen sich von dem Ort entfernten. Erst jetzt begann Bermel sich langsam wieder zu regen und normal zu atmen. Seine Anspannung löste sich schlagartig.

Auf einem dicken Ast gestützt, humpelte Bermel nun langsam in den Ort hinunter. Sein Fuß schmerzte zwar, schien aber nicht gebrochen zu sein. Mit ein paar kühlen Umschlägen dürfte der Fuß bald wieder hergestellt sein. Diese Erfahrung hatte er als Bergmann zur Genüge gemacht als er sah, wie dem ein oder anderen ein Gesteinsbrocken auf den Fuß gefallen war. Doch nun musste er erst einmal im Ort Bericht erstatten.

8. Kapitel: Verzweifelte Hoffnungen

Dreimal schlug Bermel mit seinem Krückstock gegen die schwere Eichentüre der Unteren Burg. Kurz wartete er. Doch niemand öffnete ihm. Abermals schlug Bermel gegen die Eichentüre. Wieder nichts. Wo war bloß Direktor Bleibtreu abgeblieben?

Im Gasthaus bei den anderen Bergleuten war er nicht mehr. Dort hatte Bermel ihn als erstes aufgesucht, aber nur seine Frau gefunden, die ihn besorgt nach seinem Wohlbefinden fragte, nachdem sie seinen mittlerweile dick angeschwollenen Fuß erblickt hatte. Das war Bermel aber vorerst egal. Er hatte nur eines im Sinn. Unbedingt musste er Direktor Bleibtreu finden. Doch auf einmal hörte er Schritte hinter der Türe. Das schwere Türschloss wurde betätigt und ein Teil der Türe aufgeschwenkt. Ein Mann mit einer kleinen Laterne kam zum Vorschein. Es war Direktor Bleibtreu. Er sah müde aus.

„Steiger Bermel. Was wollt ihr denn noch um diese Zeit bei mir? Warum seid ihr nicht bei den anderen und feiert?"

„Endlich finde ich euch, Direktor Bleibtreu. Ich habe erschreckende Neuigkeiten, die ich mit Ihnen dringend besprechen muss."

Als Direktor Bleibtreu das hörte, wurde er besorgter.

„Was ist denn los, Steiger Bermel?"

„Es geht um die Kupferproduktion. Ich weiß, wer das Kupfer abzweigt. Doch können wir das irgendwoanders besprechen als hier. Ich habe Angst, dass uns jemand hören könnte."

Bleibtreu nickte nur. Er öffnete die Türe und zog Bermel zu sich herein. Erst jetzt bemerkte Bleibtreu Bermels dicken Fuß.

„Was haben Sie denn gemacht, Bermel?"

„Das werden Sie gleich erfahren, Direktor Bleibtreu."

Bleibtreu schloss die Türe und führte Bermel in die angrenzende Küche hinüber. Dort standen mehrere Stühle und ein großer Arbeitstisch. Schneidbretter und Messer lagen verstreut darauf herum. Bleibtreu stellte die kleine Lampe auf dem Tisch ab. Sie setzten sich. Bermel streckte sein Bein aus. Endlich konnte er seinen Fuß zum ersten Mal wieder seit langem etwas entspannen.

„Nun gut, Bermel. Was ist los?"

Bermel atmete tief einmal durch.

„Ich weiß, wer das Kupfer aus der Produktion abzweigt. Es ist Hebolin Radkow, der Schmelzmeister mit seinen zwei Lehrlingen, George und Heinz."

Bleibtreu verzog überrascht das Gesicht. Dennoch blieb er ruhig.

89

„Und woher wissen Sie das?"

„Ich habe die Drei heute Nacht an der alten Ziegelei beobachtet wie sie mehrere Kupferplatten an einen Schwarzhändler verkauften und eine Unsumme Geld daran verdienten. Leider haben sie mich zum Schluss entdeckt und ich musste fliehen. Erkannt haben sie mich jedoch nicht. "

Bleibtreu war erschüttert über diese Nachricht. Niemals hätte er gedacht, dass gerade diese doch treu wirkenden Leute aus der Schmelzhütte das Kupfer entwenden würden. Doch ehrlich gesagt, hatte er es ja schon selbst einmal vermutet, da ja gerade sie die beste Möglichkeit dazu hatten. In Bleibtreu kochte die Wut, die er aber unter Kontrolle zu halten wusste. Er fasste einen Entschluss. So schnell wie möglich musste er Hebolin und seine Leute verhaften und zur Rechenschaft ziehen. Ansonsten wären die Drei bald mit dem verdienten Geld über alle Berge. Sofort müsste er einen Trupp Männer losschicken, um sie zu erwischen. Doch Bermel ahnte, was in seinem Kopf vorging.

„Direktor Bleibtreu. Bevor Sie jetzt Maßnahmen ergreifen. Da wäre noch etwas."

Bleibtreu schaute ungeduldig auf.

„Ich glaube, dass die Drei auch etwas mit dem Tod von Philipp Lotz und dem Mord an meiner kleinen Tochter Marie zu tun haben."

Bleibtreu schüttelte den Kopf. Er verstand Bermels Schlussfolgerung nicht.

„Wie kommen Sie jetzt darauf?"

„Nach der Beerdigung von Philipp Lotz habe ich ein Streitgespräch zwischen George und Heinz auf dem Friedhof mitbekommen. Einer von den beiden wollte zur Polizei gehen, weil ihm die ganze Sache zu heiß wurde und er Gewissensbisse bekam. Dabei hörte ich, dass einer von ihnen Philipp ein Bein gestellt haben muss, sodass er durch die Absperrung in den Schacht gefallen ist."

Bleibtreu nickte verstehend. Er lächelte leicht.

„Eigentlich genial. Niemand könnte Ihnen etwas nachweisen. Das habe ich jetzt verstanden, aber wie kommen sie darauf, dass die Drei etwas mit dem Mord an ihrer Tochter zu tun haben sollen?"

„Bei diesem Gespräch auf dem Friedhof fiel auch der Name von Michael. Vielleicht hängt er da irgendwie mit drin und will es uns bloß nicht sagen."

„Hm. Das glaube ich nicht. Ansonsten könnte er doch auch einfach vor Gericht auspacken und die Drei wären geliefert. Nein. Ich glaube, da gibt es, wenn einen anderen Grund. Die wollten von sich selbst ablenken. Ihre Tochter hat wahrscheinlich irgendetwas von dem Diebstahl bemerkt und musste deshalb sterben. Um die Aufmerksamkeit von sich abzulenken, haben die Drei dann irgendwie der Polizei untergeschoben, dass Michael der Mörder sei. Fragt sich nur wie, denn niemand außer dem Gericht weiß die Namen der Zeugen, die Michael belasten."

Steiger Bermel schüttelte verzweifelt den Kopf.

„Das wird sich doch herausfinden lassen."

„Nein. Das bekomme selbst ich mit meinen guten Verbindungen nicht raus. Und selbst wenn wir es wüssten, wäre es schwierig zu beweisen, dass das, was die Zeugen aussagen, gelogen ist. Schließlich haben wir ja noch nicht einmal handfeste Beweise, um Hebolin, George oder Heinz einen Mord nachzuweisen. Für einen Richter stehen wir so ziemlich unglaubwürdig da. Das Einzige, was wir jetzt tun könnten, wäre die Drei vor Gericht wegen Diebstahl dran zu kriegen. Doch damit würde Michael auch unschuldig verurteilt. Und so wie ich die preußische Justiz kenne, endet das mit einem Todesurteil."

Bermel schreckte auf. Bei dem Gedanken, dass Michael für eine Sache hängen würde, die er nicht begangen hatte, wurde es ihm bang.

„Direktor Bleibtreu. Wir müssen aber etwas tun!"

Bleibtreu legte den Kopf in die Hände.

„Ja. Das Problem ist nur, dass die Gerichtsverhandlung schon in zwei Tagen ist."

„Was?", schrie Bermel entsetzt auf.

„Wieso erfahre ich erst jetzt davon?"

„Beruhigen Sie sich, Bermel. Ich wollte es Ihnen erst nach dem St. Barbaratag sagen, um ihnen und ihrer Frau das Fest nicht zu vermiesen. Aber wir werden schon eine Lösung finden. Glauben Sie mir. Noch ist Michael nicht verurteilt. Erst einmal müssen wir stillschweigen über die Sache bewahren. Die Drei dürfen keinen Wind davon bekommen."

Eine kurze Pause trat ein. Bermel schaute zu Bleibtreu auf.

„Was werden Sie jetzt tun Direktor Bleibtreu?"

„Ich glaube, dass ich zum Justizobersekretär nach Koblenz fahren werde. Vielleicht kann der uns irgendwie weiterhelfen."

9. Kapitel: Die Gerichtsverhandlung

Neuwieder Gericht, Hermannstraße 39

Es war viertel vor 9 Uhr. Ein kalter Wintermorgen mit einem eisigen Wind. Draußen war es noch dunkel und die metallenen Gaslaternen erhellten immer noch die seit gestern verschneiten Straßen. Schnee, dass war etwas, was er schon lange nicht mehr gesehen hatte, dachte sich Michael. Die letzten Jahre hatte es nie so richtig geschneit. Gestern Abend aber hatte es dann kräftig angefangen. Michael freute sich darüber.

„Wie schön wäre es jetzt ein wenig darin herumzuspazieren."

Doch wie sollte das gehen. Michael senkte nur traurig den Kopf. Er saß in einer Gefängniszelle im Neuwieder Gerichtsgefängnis, in welche er von Linz aus überführt worden war. Heute war der Tag, an dem ihm der Prozess gemacht werden sollte. Doch Michael brauchte gar keinen Prozess. Er wusste, was ihm blühte, wenn er seine Unschuld nicht irgendwie beweisen konnte. Der Tod durch den Strang. Seine Hoffnung, dass Bermel etwas herausgefunden haben könnte, war inzwischen so klein geworden, dass er schon mehrmals mit dem Gedanken gespielt hatte, die Tat einfach zuzugeben, obwohl er sie nicht begangen hatte.

„Wer weiß, vielleicht lässt sich der Richter dadurch zu einem milderen Urteil hinziehen und schickt mich lebenslang ins Gefängnis.", dachte sich Michael. Aber letzten Endes war das auch nicht sicher. Schließlich könnte die Justiz an ihm auch ein Exempel statuieren wollen.

Mittlerweile hatte sich draußen vor dem Gerichtsgefängnis eine riesige Menschentraube gebildet. Trotz der eisigen Kälte waren aus und um Neuwied die Menschen in kleinen und großen Fußgruppen gekommen. Alle wollten sie dem Gerichtsprozess beiwohnen und den Mann betrachten, der fähig war ein kleines Kind umzubringen. Denn an der Schuld von Michael gab es fast schon keinen Zweifel mehr. Die örtlichen Zeitungen hatten so gegen Michael gewettert, dass die Bevölkerung Michael nur noch als rohen Gewaltverbrecher sah, der so schnell wie möglich verurteilt gehört. Doch das, wusste Michael nicht. Denn im Gefängnis gab es keine Zeitungen. Es hätte letzten Endes auch nur seine letzten Hoffnungen zu Nichte gemacht.

Unter der großen Menschentraube vor dem Gericht waren auch Steiger Bermel und seine Frau. Früh morgens hatten sie sich beide schon zu Fuß von Rheinbreitbach auf den Weg nach Neuwied begeben. Für den weiten Weg hatten sie sich dicke Winterklamotten angezogen. Denn draußen hatte es ja die Tage über geschneit. Bermel war nervös. Wo war Direktor Bleibtreu?

Zwei Tage war es nun schon her, dass er Bleibtreu von seinen Erlebnissen berichtet hatte. Erst gestern Morgen war dieser unter einem Vorwand nach Koblenz gereist, um den Justizsekretär zu kontaktieren. Während dieser Zeit hatte sich Bermel immer wieder zusammengerissen und niemanden auch nur ein Sterbenswörtchen von der Sache etwas gesagt. Nicht einmal seiner eigenen Frau, die wohl ein gutes Recht dazu gehabt hätte. Denn schließlich ging es hier um den Mörder an ihrer gemeinsamen Tochter. Bermel hatte leichte Gewissensbisse. Mit seinen kalten Fingern umschloss er liebevoll die Hand seiner Frau. Sie lächelte.

In diesem Moment läutete es von den Neuwieder Kirchturmuhren 9 Uhr herab. Die dunkle braune Pforte des Gerichtsgefängnisses öffnete sich und zwei in blau uniformierte Gerichtsdiener mit Mütze postierten sich in der Türe. In ihren Händen hielten sie einen kleinen Stapel mit Karten, welche an die Menschenmasse ausgeteilt wurden. Der Neuwieder Gerichtsdirektor hatte beschlossen, eine begrenzte Zahl an Zulasskarten auszuteilen, damit der Gerichtssaal nicht aus allen Nähten platzte. Als die Menschen das mitbekamen, begannen sie sich lauthals zu beschweren:

„Das könnt ihr doch nicht machen!"

„Jeder hat das Recht diesen Verbrecher zu Gesicht zu bekommen!"

Die Masse strömte wie ein wild gewordener Haufen los. Jeder hatte nur noch das Ziel irgendwie eine Karte zu ergattern. Eine riesige Rangelei entstand.

Manche bekamen es mit der Angst zu tun. Sie wollten nur noch raus aus diesem Menschenpulk. Auch Bermel und seine Frau bekamen es mit der Angst zu tun. Von allen Seiten pressten, drückten und quetschten die Menschen. Ein Ellebogen nach dem anderen wurde ihnen in die Seite gerammt oder ins Gesicht geschlagen. Bermel sah, dass seine Frau langsam panisch wurde, sodass er so schnell wie möglich mit ihr aus der Menschenmasse herausmusste. In dieser Situation war ihm die Gerichtsverhandlung egal. Seine Frau war wichtiger. Mit großer Kraft stemmte sich Bermel gegen den anstürmenden Menschenstrom und schaffte es langsam aber sicher aus dem Menschenauflauf herauszukommen. Geschafft! Bermel und seine Frau waren in Sicherheit. Beide atmeten schwer.

„Alles in Ordnung?", keuchte nur noch Steiger Bermel. Seine Frau nickte nur. Erst jetzt konnte man das Ausmaß sehen, mit welcher Kraft sich der aufgebrachte Menschenmob gegen den Eingang des Gerichtsgebäudes stemmte. Zu den beiden Gerichtsdienern am Eingang waren jetzt noch zwei weitere gekommen und trieben die Menschen die Treppe hinab, damit sich zumindest vor der Türe eine Schlange bilden konnte. Bermel nahm seine Frau in den Arm.

„Das wars dann wohl mit der Gerichtsverhandlung. Wir werden das Urteil in der Zeitung lesen. Komm lass uns nach Hause gehen."

Just in diesem Moment, packte Bermel eine Hand an der Schulter.

„Na endlich, Bermel. Da finde ich Sie ja! Wie ich sehe ist ihre Frau auch anwesend!"

Erschrocken drehten sich Bermel mit seiner Frau um. Ein Mann im hellgrauen Wintermantel und einem schwarzen Zylinder auf dem Kopf stand vor ihnen. Es war Direktor Bleibtreu.

„Direktor Bleibtreu. Wo kommen Sie denn her? Ich dachte, Sie würden es nicht mehr aus Koblenz hierher schaffen."

Bleibtreu winkte nur ab.

„Wenn etwas so wichtig ist, dann komme ich immer. Selbst, wenn ich noch andere Termine habe und zu spät komme. Aber lassen wir das. Wir wollen unsere Zeit nicht hier draußen in der eisigen Kälte verbringen. Lassen sie uns in den Gerichtsaal gehen. Schließlich wollen wir schauen, wie das ganze abläuft. Währenddessen können wir noch ein wenig über meine Reise nach Koblenz plaudern."

Bleibtreu setzte sich in Bewegung. Doch Bermel und seine Frau blieben stehen. Als Bleibtreu es bemerkte, drehte er sich irritiert zu ihnen herum.

„Was ist los? Wollen Sie nicht dem Gerichtsprozess beiwohnen?"

„Doch, doch, Direktor Bleibtreu. Aber ich glaube wir kommen nicht mehr herein. Schauen Sie doch nur!"

Frau Bermel zeigte auf die immer noch riesige Menschenmasse, die vor dem Gerichtsgebäude auf Einlass wartete. Bleibtreu lächelte leicht.

„Ja. Das glaube ich gern, dass wir da nicht mehr hereinkommen. Aber wir brauchen da auch gar nicht rein. Schließlich sind Sie beide ja Zeugen in diesem Prozess. Wir dürfen also durch den Seiteneingang rein."

Steiger Bermel und seine Frau schauten Bleibtreu verwundert an. Zeugen? Wieso waren sie Zeugen? Bleibtreu zog aus seiner Manteltasche zwei Briefe heraus.

„Nun ja.", Bleibtreu verzog leicht das Gesicht.

„Sie beide sind als Zeugen zu Gericht geladen worden, um zu beschreiben wie Sie ihre Tochter am Wegesrand aufgefunden haben."

Bermel bemerkte wie seine Frau angespannter wurde. Fest umklammerte sie seine Hand. In ihr stiegen tausende Gefühle auf. Angst, Aggressionen, Panik, Wut und Trauer, alles war dabei. Erst vor kurzem war Frau Bermel einigermaßen mit dem Verlust ihrer Tochter klargekommen und nun sollte sie in aller Öffentlichkeit beschreiben wie sie ihre Kleine tot aufgefunden hatte. Was dachten die sich eigentlich?

Bleibtreu sah, wie Frau Bermel innerlich arbeitete.

„Ich dachte, es wäre besser für Sie beide, wenn Sie es erst jetzt erfahren, damit es nicht so schlimm ist. Doch…"

Bleibtreu brach seinen Satz ab. Bermel schaute ihn ernst an. Seine Frau hatte kräftig zu kämpfen. Eine kurze Pause trat ein. Bermel wusste nicht so recht, was er machen sollte. Also tat er das, was er immer machte. Er versuchte die Sache so gut es ging hinzubiegen. Kurz nahm er seine Frau in den Arm und wendete sich danach Bleibtreu zu.

„Nun denn. Wo ist denn der Seiteneingang? Uns wird glaub ich langsam allen kalt."

Bleibtreu nickte. Er zeigte auf den rechten Flügel des Gerichtsgefängnisses. Mehr als deutlich hatte er bemerkt, dass er Mist gebaut hatte. Doch Bleibtreu blieb gelassen. Behutsam stapfte er durch den Schnee zum Seiteneingang. Die Bermels folgten ihm unauffällig.

Der Seiteneingang war eine kleine dunkle Eichentüre. Dem Stil ähnlich der beiden vorderen Türen, jedoch mit einem Türspion in der Mitte versehen. Hier hinten war kein Mensch zu sehen. Bleibtreu klopfte an die Türe. Ein Rumpeln ertönte. Schritte kamen näher. Der Türspion wurde geöffnet. Das Gesicht eines Gerichtsdieners erschien in der quadratischen Öffnung. Kurz musterte er die Drei außenstehenden Personen.

„Wenn Sie den Gerichtsprozess sehen wollen, dann müssen Sie sich vorne anstellen, genau wie die anderen!", krähte der Mann unfreundlich heraus.

„Entschuldigen Sie bitte.", begann Bleibtreu das Gespräch. „Dieses Ehepaar ist für eine Zeugenaussage hierher bestellt worden. Also machen Sie hier keine Faxen, sondern lassen Sie uns herein. Schließlich wollen wir uns nicht verspäten."

Der Gerichtsdiener fixierte Bleibtreu mit einem abwertenden Blick. Ihm schien sein Ton zu missfallen.

„Aha. Und wo sind dann die Vorladungen, wenn ich fragen darf?"

„Bitte schön."

Geschwind reichte Bleibtreu dem Gerichtsdiener die zwei Briefe durch die Luke. Der betrachte nur kurz die darin enthaltenen Dokumente und öffnete mürrisch die Türe.

„Kommen Sie rein.", grummelte er.

Bleibtreu ließ den Bermels den Vortritt. Sie gingen durch die Türe ins Innere des Gerichtsgebäudes. Doch als

Bleibtreu Ihnen folgen wollte, versperrte der Gerichtsdiener ihm den Weg.

„In der Vorladung steht nur etwas von Herr und Frau Bermel drin. Nichts von Ihnen. Wer sind Sie überhaupt?"

Bleibtreu baute sich nun vor dem Gerichtsdiener auf. Langsam war er mit seiner Geduld am Ende.

„Mein Name ist Leopold Bleibtreu. Ich bin der Direktor der hiesigen Bergwerke und des Bergwerksamtes in Linz. Wenn Sie mich nicht hereinlassen, werde ich mich bei ihrem Vorgesetzten beschweren und dafür sorgen, dass Sie entlassen werden."

Dem Gerichtsdiener schien das kein Stück weit zu imponieren. Selbst, wenn Bleibtreu der Kaiser von China gewesen wäre, hätte er ihn nicht ohne Vorladungspapiere hereingelassen. Doch warum auch immer machte er bei Bleibtreu eine Ausnahme. Vielleicht war er ein wenig unsicher, dass dieser Vorfall ihn doch irgendwie seinen Job kosten könnte. Der Gerichtsdiener trat zur Seite.

„Nun gut. Kommen Sie herein."

Bleibtreu nickte und durchschritt die Pforte. Er ging zu den Bermels hinüber. Doch dann drehte er sich noch einmal zu dem Gerichtsdiener um. Der ahnte aber schon, was Beibtreu fragen wollte.

„Der Prozess findet im großen Sitzungssaal statt. Der Eingang ist eine große Doppeltüre. Einfach weiter geradeaus gehen."

Der Gerichtsdiener zeigte mit der Hand den Flur hinunter. Bleibtreu und die Bermels bedankten sich mit einem Kopf nicken und schritten den Flur hinab. Ihre Schritte hallten ein wenig wider. Durch die Fenster strahlte das Licht herein und erzeugte eine Atmosphäre wie in einer Kirche. Es dauerte einen Moment bis die Drei den Gerichtssaal gefunden hatten. Auf ihrem Weg dorthin kamen sie auch an der vorderen Eingangstüre vorbei, an welcher die Gerichtsdiener immer noch versuchten die Masse irgendwie zu beruhigen und zu ordnen. Es war gerade ein wildes Handgemenge im Gange als Bleibtreu und die Bermels an der Eingangstüre vorbeigingen.

„Gott sei Dank, dass wir da nicht mehr drinstehen.", dachte sich Bermel und schaute zu seiner Frau hinüber. Die dachte anscheinend genau das Gleiche.

Bleibtreu drückte die Türklinke zum Gerichtssaal herunter. Lautlos öffnete sich die hölzerne Türe. Ein großer Saal tat sich vor Ihnen auf. Links und rechts ordneten sich hölzerne Zuschauerbänke in Reihen an. Mittig bildeten sie einen schmalen Durchgangsweg. Der hintere Teil des Saals war durch ein kleines hölzernes Geländer abgetrennt. Nur durch eine kleine Schranke konnte man dieses Geländer passieren. Hinter dem Geländer stand mittig ein Stuhl mit Tischchen. Bleibtreu erklärte, dass das der Zeugenstand sei. Links und Rechts davon standen einmal die Bank des Angeklagten und einmal die Bank des Staatsanwaltes, also des Anklägers. Gegenüber dem Zeugenstand erhob sich auf einer kleinen Anhöhe der breite Richtertisch. Leise betraten Bleibtreu und die Bermels den Gerichtssaal. Einige Zuschauer saßen schon in den Bänken. Gerichtsdiener huschten durch den Saal. Die Stimmung war ähnlich wie in einer Hochmesse. Für die Bermels war das alles ziemlich unheimlich und neu. Sie sahen ein wenig unbeholfen aus. Noch nie waren sie zuvor bei Gericht gewesen. Unauffällig folgten sie Bleibtreu zu einer Zuschauerbank und setzten sich neben ihn hin. Wenig später beugte sich Frau Bermel zu Bleibtreu hinüber. Sie flüsterte.

„Wissen Sie denn wie das hier gleich abläuft, Direktor Bleibtreu?"

Bleibtreu nickte nur kurz.

„Sie werden gleich aufgerufen. Warten Sie nur ab bis der Gerichtsprozess anfängt.", flüstere Bleibtreu zurück.

„Und wie viel Zeit haben wir noch bis dahin?"

Bleibtreu zog seine Taschenuhr heraus.

„Es ist jetzt viertel nach neun. Ich denke mal um halb zehn wird die Verhandlung beginnen."

Frau Bermel nickte.

„Vielen Dank, Herr Bleibtreu. Sie entschuldigen mich bitte."

Bleibtreu nickte zurück. Er wusste, was Frau Bermel vorhatte. Sie stand auf. Ihr Mann schaute verwundert zu ihr hoch.

„Wo willst du denn jetzt noch hin?", flüstere Bermel ihr zu.

„Ich will noch einmal kurz nach draußen. Schließlich wird die Gerichtsverhandlung ja wohl etwas länger dauern und da möchte ich nicht zwischendurch aufs Klo gehen müssen." Steiger Bermel nickte. Frau Bermel ging davon.

Nachdem sie den Gerichtssaal verlassen hatte, rückte Bleibtreu ein Stück näher an Bermel heran.

„Steiger Bermel. Das tut mir Leid mit den Vorladungen. Ich hätte Ihnen die Briefe sofort übergeben sollen. Ich hielt es nur für besser, weil…" Steiger Bermel winkte ab.

„Lassen Sie das Thema. Erzählen Sie mir lieber, was Sie in Koblenz erreicht haben bevor meine Frau wieder kommt. Schließlich weiß sie nichts von unseren Vermutungen und gleich können wir nicht mehr darüber reden."

Bleibtreu nickte zustimmend.

„Ja, natürlich. Sie haben Recht. Also, ich habe mich gestern Abend noch mit dem Justizobersekretär in seinem Büro getroffen und ihm unseren Fall vorgetragen. Er meinte nur, dass er nichts machen könne, wenn wir die Drei nicht durch Zeugen oder andere Beweise überführen könnten."

Als Bermel das hörte, ballte er die Faust vor Wut zusammen.

„Aber ich kann doch gegen die Drei aussagen. Schließlich habe ich George und Heinz doch über den Mord sprechen hören."

Bleibtreu schüttelte den Kopf.

„Das reicht aber nicht aus, Bermel."

Bermel verzog missmutig das Gesicht.

„Aber das kann doch nicht wahr sein, dass hier vielleicht ein Unschuldiger verurteilt wird, Direktor Bleibtreu. Ich kenne Michael dafür viel zu gut. Er ist einfach nicht dazu fähig jemanden umzubringen."

Bleibtreu verzog nachdenklich das Gesicht.

„Das mag sein. Dennoch brauchen wir irgendeinen Beweis dafür. Wir werden erst einmal abwarten und schauen, was die Zeugen sagen, die Michaels Schuld beweisen sollen."

Bermel sagte nichts mehr dazu. Regungslos saß er auf seinem Platz. Irgendwie war sein Weltbild erschüttert. Für ihn hatte es zumindest vor dem Gesetz immer eine gewisse Gerechtigkeit gegeben. Doch lange darüber nachzudenken hatte er nicht.

In diesem Augenblick kam seine Frau zurück in den Gerichtssaal. Ohne große Worte setzte sie sich neben ihren Mann. Eine leichte Nervosität durchfuhr sie. Gleich müsste sie dem Gericht noch einmal schildern, wie sie ihre Kleine am Wegesrand aufgefunden hatte. Bildfetzen der Mordszenerie schossen ihr durch den Kopf. Ihre Hände begannen zu zittern. Herr Bermel bemerkte, was mit seiner Frau geschah und nahm abermals tröstend ihre Hand in seine. Wenn er seine Frau so sah, wurde es ihm immer ganz Unbehagen. Er dachte sich dann immer, dass er mit seinem Schmerz noch nicht einmal ansatzweise verstehen konnte, wie seine Frau sich fühlte. Denn schließlich hatte ja nicht er, sondern sie das Kind 9 Monate lang in ihrem Bauch in einer sehr innigen Beziehung ausgetragen. Frau Bermel schaute ihrem Mann in die Augen. Sie beruhigte sich ein wenig.

Mittlerweile hatten sich die Sitzbänke des Gerichtssaals mit lauter Zuschauern und Presseleuten gefüllt. Ein leises Grummeln erfüllte den Raum. Spannung lag in der Luft.

Wann würde wohl der Angeklagte den Gerichtssaal betreten?

Plötzlich öffnete sich eine Seitentüre. Zwei Gerichtsdiener und eine abgemagerte, düstere Gestalt betraten den Raum. Es war Michael.

Als die Menge ihn sah, ging ein Raunen durch sie hindurch.

„Das ist der Kerl!", flüsterte der eine dem anderen zu.

„Der sieht aber auch gefährlich aus. Mir läuft es schon eiskalt den Rücken herunter!" tuschelte der Nächste.

Doch Michael interessierte das gar nicht. Er sah ziemlich heruntergekommen aus. Das Gesicht war dreckig und mit Schmutz übersäht. Die Haare hingen lang und fettig bis fast auf die Schultern herab und seine Kleidung ähnelten eher Stofffetzen, als einem Hemd und einer Hose. Doch das interessierte niemanden. Ganz im Gegenteil. Den Leuten schien es sogar zu gefallen, da diese Aufmachung das Bild vom ruchlosen Mörder verstärkte. Nur die Bermels und Bleibtreu fühlten mit Michael.

Dieser betrat mit hängendem Kopf den Gerichtssaal. Er schaute nicht rechts und nicht links. Die Gerichtsdiener, die neben ihm her gingen, hatten ihm Fuß- und Handfesseln angelegt. Michael schlürfte eher durch den Gerichtssaal als das er ging. Wie sollte er denn auch anders mit den angelegten Fußfesseln.

Stillschweigend wurde Michael zur Anklagebank geleitet. Dort lag für ihn bereits die Anklageschrift und seine Verfahrensakte bereit. Michael setzte sich auf den für ihn bereit gestellten Stuhl. Ein Gerichtsdiener nahm ihm die Handfesseln ab. Zum ersten Mal schaute Michael jetzt auf. Sein Gesicht war ernst, doch seine Augen spiegelten die Angst wider, die in ihm herrschte. Er ließ seinen Blick durch die Zuschauerreihen schweifen.

Die Menge tuschelte über ihn. Vereinzelt trafen ihn komische Blicke. Nur die Bermels und Bleibtreu blieben still. Als Michael sie in der Bankreihe sitzen sah, lächelte er leicht. Die Drei waren für ihn ein kleiner Hoffnungsschimmer. Steiger Bermel nickte ihm zuversichtlich zu.

Michael nahm sich nun seine Akte zu Hand. Er schlug den Pappdeckel zur Seite und begann die erste Seite zu lesen. Doch je mehr er las, desto größer wurde seine Angst vor einem Todesurteil. Betrübt schaute Michael auf. Schlagartig wurde es still im Raum.

Ein weiterer Gerichtsdiener betrat durch eine Seitentüre den Gerichtssaal.

„Erheben Sie sich für das hohe Gericht!"

Just in diesem Moment betrat der Richter den Gerichtssaal. Auf dem Kopf trug er eine weiße Haarperücke mit einem langen Zopf. Eine lange schwarze Robe verhüllte seinen Körper. Dem Richter folgte der ebenso gekleidete Staatsanwalt. Die Zuschauer und der Angeklagte erhoben sich von ihren Sitzplätzen.

Der Richter und der Staatsanwalt schritten zu ihren Plätzen. Eine äußerst ernste Miene lag auf ihren beiden Gesichtern. Ihnen war sichtbar bewusst, wie wichtig dieser Prozess war und worum es ging. Als beide ihren Platz eingenommen hatten, stellten sie sich hinter ihre großen Holzstühle und verharrten kurz. Der Richter schaute sich irritiert um. Er schien etwas oder besser jemanden zu suchen. Da betrat auf einmal ein Mann den Gerichtssaal. Unter dem Arm trug er Feder und Papier. Es war der Protokollant der Verhandlung. Eiligst und so unauffällig wie möglich versuchte er seinen Platz neben dem Richter einzunehmen. Als er dann soweit war, konnte die Verhandlung beginnen.

„Setzen Sie sich bitte!", waren die ersten Worte des Richters. Die Zuschauer, der Angeklagte und das Gericht selbst ließen sich auf ihre Plätze nieder. Ein kurzer Moment der Stille trat ein.

„Bevor ich nun den Prozess gegen den hier Angeklagten eröffne, würde ich die vorgeladenen Zeugen bitten, einmal nach vorne zu kommen."

Dazu gehörten auch Steiger Bermel und seine Frau. Kurz schauten sich noch einmal einander an. Dann erst erhoben sie sich langsam von ihrer Sitzbank. Sie schienen die Einzigen zu sein, die das taten. Doch dann erblickte Bermel hinter sich zwei weitere Gestalten, die sich ebenfalls von einer Sitzbank erhoben. Geschickt drehte sich Bermel zur Seite, sodass er die Zwei erkennen konnte. Bermel erschrak leicht, als er sie erkannte. Es waren George und Heinz, die sich jetzt durch die Sitzreihen nach vorne schlängelten. Hebolin saß dort, von wo sie gekommen waren.

Bermel war verblüfft. Er hätte nicht gedacht, dass Hebolin selbst oder gar seine Kumpanen hier aufkreuzen würden, um eine Zeugenaussage gegen Michael zu machen. Er hätte eher mit einem oder mehreren gekauften Zeugen gerechnet. Doch das war Hebolin und seinen Kumpanen anscheinend zu teuer gewesen. Schließlich hätte das ja den Gewinn aus dem nächtlichen Schwarzmarktgeschäft gemildert. Dass sie heute hier vor Gericht erschienen, war für Bermel ein klares Schuldeingeständnis am Mord seiner Tochter.

Mittlerweile standen seine Frau und er vorne vor dem Richter. Bermel bekam einen leichten Stoß in die Rippen. Seine Frau machte ihn somit auf den Richter aufmerksam, der mit ernstem Blick nur noch auf George und Heinz wartete. Die stellten sich wenig später neben die Bermels. Kurz nickten sie ihnen nur zu. George schien ein wenig angespannt im Gegensatz zu Heinz, der fast schon etwas zu cool dar stand.

In diesem Augenblick nahm der Richter eine Zeugenliste zur Hand. Flüchtig überflog er die Namen, die darauf standen. Dann schaute er auf.

„Sind Sie das Ehepaar Bermel?", fixierte er Bermel und seine Frau misstrauisch. Beide nickten nur leicht.

„Soll das ein JA sein!", fragte der Richter gebieterisch nach.

„Ja, euer Ehren.", antwortete Steiger Bermel.

Der Richter nickte zufrieden.

„Und Sie?"

Der Richter ließ seinen Blick zu George und Heinz herüberschweifen.

„Sind Sie George Schmitz und Heinrich Brauns?"

Beide nickten kurz und beteuerten es mit einem gut hörbaren ja. Der Richter nickte wieder.

„Gut. Ich mache Sie jetzt darauf aufmerksam, dass ab jetzt alle verpflichtet sind die Wahrheit zu sagen und jede Aussage, die hier getroffen wird, gegebenenfalls gegen Sie wieder verwendet werden kann, falls sich herausstellt, dass ihre Aussage sich als falsch erweist. Ich würde Sie nun bitten den Gerichtssaal zu verlassen und draußen im Gang Platz zu nehmen. Sie werden dann dort durch einen Gerichtsdiener aufgerufen."

Der Richter winkte und ein Gerichtsdiener führte die vier Zeugen hinaus. Als Bermel an Michael vorüberging, lächelte er ihm leicht zu. Doch Michael sah es nicht. Er schaute nur mit leicht gesenktem Kopf und starrem Blick auf den Boden des Gerichtsaals. Nachdem die Zeugen den Saal verlassen hatten, widmete sich der Richter nun zum ersten Mal dem Angeklagten.

„Gut. Dann kommen wir jetzt einmal zu Ihnen."

Argwöhnisch schaute der Richter zu Michael hinüber. Der saß jedoch emotionslos auf seinem Platz. Doch das interessierte den Richter kaum und schaute nun auf seine Papiere.

„Ihr Name ist Michael Kerpner?"

Michael nickte leicht.

„Sie sind am 25.07.1804 in Unkel geboren?"

Wieder nickte Michael leicht.

„Gut. Damit wären jetzt die Personalien des Angeklagten festgestellt und überprüft. Ich würde den Staatsanwalt bitten, die Anklageschrift zu verlesen."

Just in diesem Moment stand der Staatsanwalt von seinem Platz auf und begann ein Dokument zu verlesen.

„Dem Angeklagten Michael Kerpner, geboren am 25.07.1804 in Unkel, wird zur Last gelegt am Morgen des 17 Oktobers 1825 das Mädchen Marie Bermel auf heimtückische Art und Weise im rheinbreitbacher Wald erdolcht zu haben."

Nachdem er dies verlesen hatte, nickte ihm der Richter dankend zu. Der Staatsanwalt ließ sich wieder auf seinem Platz nieder. Eine kurze Pause trat ein. Der Richter schaute zu Michael herüber. Keine Reaktion.

„Wollen Sie dazu etwas sagen?"

Michael schaute den Richter an. In seinen Augen stand noch größere Verzweifelung als zu Anfang. Stille herrschte. Bleibtreu, der wie die übrigen Zuschauer nun auf irgendeine Reaktion wartete, wurde nervös. Michael müsste doch jetzt irgendetwas zu seiner Verteidigung sagen, wenn er denn wirklich unschuldig wäre. Doch Michael wusste nicht, was er sagen sollte. Für ihn war sowieso schon alles irgendwie verloren. Bleibtreu bemerkte es und wusste, dass er irgendetwas dagegen tun musste. Er fasste sich ein Herz und sprach höflich den Richter an.

„„ Entschuldigen Sie bitte, euer Ehren. Mein Name ist Bleibtreu, Leopold Bleibtreu." Der Richter wendete seinen Blick zu Bleibtreu hinüber. Kritisch fixierte er ihn.

„Was wollen Sie denn jetzt? Das ist eine Gerichtsverhandlung und kein Palaver, wo sich jeder Einmischen kann."

Bleibtreu räusperte sich.

„Das weiß ich euer Ehren, aber sie sehen ja selbst, dass der Unschuldige nicht in der Verfassung ist sich selbst zu ..."

„Halten Sie den Mund! Ich lasse Sie gleich hinaus werfen bei dieser Wortwahl!"

Der Richter wurde ärgerlich. Bleibtreu hielt inne. Er traute dem Richter zu, dass er ihn rausschmeißen würde. Nun musste er die Füße stillhalten. Hoffentlich hatte

Michael nur seinen Wortlaut richtig verstanden. Denn schließlich hatte Bleibtreu bewusst das Wort Unschuldiger in seinem Satz ausgewählt, um sich auf Michaels Seite zu stellen. Erwartungsvoll schaute Bleibtreu zu Michael hinüber. Der saß aber immer noch genau wie vorher da. Bleibtreu wollte schon die Hoffnung aufgeben, doch da bemerkte er, dass sich in Michael etwas tat. Während sich der Richter noch ärgerte, begann Michael zu reden.

„Euer Ehren. Ich möchte etwas dazu sagen."

Verwundert von dieser Aussage wandte sich der Richter nun wieder Michael zu.

„Nun gut. Was wollen Sie denn sagen?"

„Ich bin unschuldig."

Der Staatsanwalt lehnte sich mit einem frechen Grinsen zurück.

„Das sagen viele hier."

Doch den Richter ließ das ungerührt.

„Gut. Wenn Sie unschuldig sind, dann erklären Sie mir doch mal die ganze Sache aus ihrer Sicht."

Michael stockte. Er überlegte kurz.

„Ich kann den Mord nicht begangen haben, weil ich zur Tatzeit zu Hause war."

Der Richter kniff die Augenbrauen zusammen.

„Habe ich Sie richtig verstanden? Sie waren also zur Tatzeit zu Hause."

Michael nickte.

„Kann das jemand bezeugen?"

„Leider nicht, euer Ehren."

Der Staatsanwalt grinste und schüttelte den Kopf. Aber Michael ließ sich davon nicht beeindrucken.

„Oder eher gesagt jemand kann es nicht mehr bezeugen."

„Wie jemand kann es nicht mehr bezeugen? Drücken Sie sich bitte etwas klarer aus.", hakte der Richter nach.

„Mein kleiner Stiefbruder. Er war mit mir zu Hause."

„Und warum ist er heute nicht hier.", fragte der Richter ungeduldig nach. Michael senkte den Kopf.

„Er ist tot, euer Ehren. Er starb kurz nach meiner Verhaftung bei einem Grubenunglück."

Ein leises Raunen ging durch die Zuschauermenge. Der Richter schaute zur Menge. Er rief die Zuschauer zur Ruhe auf. Als es wieder still wurde, setzte er die Befragung fort.

„Also habe ich Sie richtig verstanden, dass Sie einen Zeugen gehabt hätten, aber dieser nun verstorbenen ist."

Michael wollte gerade antworten, als ihm der Staatsanwalt ins Wort fiel.

„Entschuldigen Sie mal bitte, Euer Ehren. Das ist doch total Schwachsinn. Dieser Mann macht sich über das Gericht lustig. Ich kann auch meine Uroma als Zeugin aufführen, aber leider ist Sie schon verstorben. Der Angeklagte hat keinerlei Beweise dafür, dass sein Stiefbruder wirklich zur Tatzeit bei ihm war."

Der Richter ignorierte diesen Einwurf jedoch des Staatsanwaltes.

„Haben Sie noch irgendetwas anderes zu der Ihnen hier vorgeworfenen Sache zu sagen?"

Michael verneinte es.

„Gut. Dann würde ich jetzt gerne den ersten Zeugen hereinbitten. Rufen Sie mir bitte, Herrn Hieronymus Bermel herein."

Bermel hatte genau wie alle anderen Zeugen im Flur des Gerichtsgebäudes Platz genommen. Stillschweigend saß er neben seiner Frau. Heinz und George beachteten sie gar nicht. Dies machte die beiden Lehrlinge wohl nervös.

George konnte sich vor Ungeduld kaum noch auf dem Stuhl halten. So heftig rutschte er auf dem Möbelstück hin und her. Heinz hingegen war zwar etwas ruhiger, aber seine Finger tanzten nur so vor Nervosität auf seinen beiden Oberschenkeln hin und her. Dann öffnete sich die Türe des Gerichtssaals. Ein Gerichtsdiener trat zu ihnen in den Flur heraus. Erwartungsvoll blickten George und Heinz zu ihm hin. Doch der Gerichtsdiener schritt auf Bermel zu.

„Herr Bermel. Würden Sie bitte mitkommen?"

Bermel stand auf. Kurz bevor er ging, nahm seine Frau noch einmal seine Hand in ihre. Kurz drückte er sie. Dann folgte er dem Gerichtsdiener in den Gerichtssaal. Drinnen erwartete die Menge ihn schon mit Spannung. Als er den Gerichtssaal betrat, blieb er einen kurzen Moment stehen. Alle starrten ihn so komisch an. Bermel fühlte sich selbst wie angeklagt. Erst als der Gerichtsdiener die Türe hinter ihm schloss, wagte sich Bermel weiter nach vorne zu gehen. Bermel durchschritt nun die hölzerne Sicherheitsschranke. Mit einem leichten Lächeln wandte er sich Michael zu. Doch der schaute nur traurig. Der Richter deutete Bermel an sich auf den Zeugenstuhl in der Mitte zu setzen.

„Nun gut, Herr Bermel. Dann wollen wir zuerst einmal ihre Personalien feststellen.

Von Beruf sind Sie Bergmann?"

Herr Bermel nickte nur. Antwortete aber verspätet mit einem deutlichen „Ja", nachdem der Richter ihn einmal streng fixiert hatte.

„Wo arbeiten Sie?"

„Bei der Grube Virneberg in Rheinbreitbach."

Der Richter nickte.

„Wer ist ihr Arbeitgeber?"

„Leopold Bleibtreu."

Ungläubig kniff der Richter die Augenbrauen zusammen.

„Den Namen habe ich doch schon einmal gehört? Waren Sie das eben nicht."

Der Richter schaute ernst zu Bleibtreu hinüber, der seelenruhig auf seiner Bank verweilte und nur kurz nickte.

„Ja, euer Ehren. Das ist meine Wenigkeit."

Der Richter nickte nur kurz. Er wendete sich wieder Bermel zu.

„Sind Sie irgendwie mit dem Angeklagten verwand oder verschwägert?"

„Nein"

„Haben Sie sich anderweitig schon einmal irgendwo gesehen."

„Ja. Wir arbeiten zusammen im Bergwerk."

Der Richter schüttelte verwundert den Kopf.

„Interessant. Als was arbeitet der Angeklagte in dem Bergwerk."

Bermel fand die Frage etwas komisch. Als was sollte man den anderes im Bergwerk arbeiten als Bergmann. Dennoch antwortete er.

„Er ist Bergmann genau wie ich, euer Ehren."

Wieder schüttelte der Richter den Kopf. Er nahm sich ein Dokument zur Hand.

„Das kann aber gar nicht sein. In meinen Unterlagen ist er hier als arbeitslos gemeldet."

Als Michael das hörte, schaute er den Richter mit weit aufgerissen Augen an. Die wollten ihn anscheinend als faulen unsympathischen Buckel darstellen, der er überhaupt nicht war.

„Das stimmt nicht, euer Ehren. Ich bin Bergmann so wie es Steiger Bermel sagt."

Der Richter kniff die Augenbrauen zusammen.

„Nun denn. Wenn Sie das sagen."

Der Richter fuhr fort.

„Nun gut. Nachdem wir ihre Personalien jetzt festgestellt haben, erzählen Sie uns doch mal, was Sie an dem Morgen erlebt haben, an welchem Sie ihre Tochter aufgefunden haben."

Bermel gab keine Antwort. Er stockte innerlich. Erst jetzt bemerkte er wie schwer es war anderen Menschen von dem Tod seiner kleinen Tochter zu erzählen. Ansonsten hatten immer irgendwie alle schon Bescheid gewusst und keiner hatte so richtig danach gefragt. Doch nun, wo er alles genau beschreiben sollte. Ein dicker Klumpen machte sich in seinem Halse breit. Bermel fühlte sich unsicher und nervös. Dennoch versuchte er sich zu entspannen. Ohne es richtig zu bemerken schloss Bermel die Augen. Langsam stiegen seine Erinnerungen wieder hoch. Einzelne Bilder von seiner am Boden liegenden Tochter schossen ihm wieder durch den Kopf. Der kleine zierliche Körper. Das zerrissene mit Blut verschmierte Kleid. Die vor Angst aufgerissenen Augen. Ein heilloses Chaos von wilden und hektischen Bildern stürmte auf ihn ein. Schmerz beherrschte seinen Körper. Bermel saß verkrampft da und versuchte sich wieder zu beruhigen, doch das ging nicht. Erst der Staatsanwalt holte Bermel wieder zurück in die Wirklichkeit. Bermel riss die Augen auf.

„Herr Bermel. Wir wissen, dass das für Sie schlimm sein muss, sich daran zurückzuerinnern. Aber ihre Zeugenaussage ist für diesen Prozess sehr wichtig. Also bitte reden Sie."

Kurz rieb sich Bermel die Augen. Danach fing er an zu erzählen.

„Alles begann an einem Sonntagmorgen. Meine Frau und ich kamen gerade aus der Sonntagsmesse und wollten nach Hause gehen, als Michael Kerpner vor der Kirche zu mir kam und im Namen der anderen Bergleute nach dem noch ausstehenden Lohn fragte. Ich wollte die Männer nicht weiter auf ihr Geld warten lassen, sodass ich Michael antwortete, dass er und die Männer mir nach Hause folgen sollten, um Ihnen dort ihren Lohn auszuhändigen. Auf dem Weg dorthin, fanden wir dann meine kleine Tochter am Wegesrand liegend."

„War das Mädchen da noch am leben?", hakte der Richter nach. Bermel stockte über diese Frage. Dennoch beantwortete er sie so nüchtern wie es eben ging.

„Nein, euer Ehren. Wenn Sie noch am leben gewesen wäre, würden wir wohl heute nicht hier sein."

Der Richter nickte.

„Also ihre Tochter Marie war bereits tot, als Sie sie aufgefunden haben?"

Bermel bejahte, obwohl er die Frage schwachsinnig fand.

„Wann war das ungefähr?"

„Das weiß ich nicht genau. Die Messe war um 10 zu Ende und der Fußweg zu meiner Hütte dauert etwa 20 Minuten. Vielleicht war es Viertel nach 10."

Der Richter nickte.

„Können Sie uns einmal beschreiben, wie ihre Tochter dort am Wegesrand gelegen hat."

Bermel musste jetzt abermals schlucken. Er hatte gehofft, dass er dies nicht tun müsste. Doch er gab sich einen Ruck. Während seiner Erzählung fingen Bermels Hände immer heftiger an zu zittern. Der Schmerz der Erinnerung wurde immer größer.

„Meine Tochter lag mit leicht zurückgelehntem Kopf am Wegesrand. Die Augen vor Angst weit aufgerissen. Das

114

Kleidchen zerrissen und mit Blut befleckt. Ihre Kehle mit einem Dolch durchtrennt."

Nun stockte Bermel. Ihm lief eine Träne die Wange herunter. Soweit es ging versuchte er seine Fassung zu wahren, obwohl er am liebsten angefangen hätte zu weinen. So groß war der Schmerz in seiner Brust mittlerweile angeschwollen. Doch das interessierte den Richter keineswegs. Unbekümmert setzte er den Prozess fort.

„Und wie fühlten Sie sich als sie ihre Tochter so aufgefunden haben?"

Alle warteten gespannt auf die Reaktion von Bermel. Doch für den ging diese Frage, definitiv einen Schritt zu weit. Sein Schmerz schlug in Wut um. So antwortete er bestimmt, aber immer noch beherrscht.

„Darauf antworte ich nicht. Ich wüsste nicht, was diese Frage mit dem Mord an meiner Tochter zu tun hat."

Verwundert schaute der Richter Bermel an. Er wollte ihn gerade zu Recht weisen, als er wohl bemerkte wie Bermel unter seiner Erinnerung litt.

„Nun gut, Herr Bermel. Lassen wir es dabei sein. Herr Staatsanwalt, haben sie noch eine Frage an den Zeugen?" Der nickte nur kurz.

„Herr Bermel. Wo war zu dieser Zeit der Angeklagte?"

Es dauerte eine Weile bis Bermel eine Antwort gab. Er musste sich erst etwas von der taktlosen Frage des Richters beruhigen, die ihn so in Wut versetzt hatten. Doch weder der Richter noch der Staatsanwalt sagten etwas, damit Bermel eine schnellere Antwort gab. Anscheinend wollten Sie ihn nicht weiter reizen.

„Michael Kerpner war die ganze Zeit bei mir. Von der Kirche bis zum Tatort."

Der Staatsanwalt stellte seine nächste Frage.

„Wissen Sie, wo sich der Angeklagte vor dem Zusammentreffen an der Kirche aufgehalten hat?"

Bermel überlegte kurz. Was sollte er jetzt sagen. Er hatte ja erst später von Michael erfahren, dass dieser mit seinem Stiefbruder zu Hause gewesen war.

„Ja. Michael erzählte mir auf dem Weg zu meinem Haus, dass er mit seinem jüngeren Stiefbruder zu Hause gewesen sei."

Der Staatsanwalt nickte.

„Erzählt der Angeklagte öfters Ihnen solch private Dinge oder ist das eher die Ausnahme?"

„Als Bergleute sind wir eine große Gemeinschaft. Jeder weiß über den anderen Bescheid. Das wir private Probleme oder auch schöne Erlebnisse uns gegenseitig erzählen ist keine Seltenheit. Schließlich ist die Bergmannsgemeinschaft das Größte für uns."

Wieder nickte der Staatsanwalt.

„Aber zu Hause gesehen oder gar von dort abgeholt haben Sie ihn nicht? Er stand an der Kirche, als Sie aus der Messe kamen."

Bermel nickte. Der Staatsanwalt hatte keine weiteren Fragen mehr.

„Möchte nun der Angeklagte den Zeugen noch irgendetwas fragen?", wandte sich der Richter Michael zu. Der schüttelte aber nur leicht den Kopf und schwieg. Er wusste nicht, welche Frage er Bermel hätte stellen können, um irgendein positives Licht auf sich verwerfen zu können. Doch das war dem Richter egal. Er wandte sich dem Protokollanten zu.

„Gut. Dann können wir ja Herrn Bermel aus dem Zeugenstand entlassen. Schreiben Sie auf: Der Zeuge Hieronymus Bermel wurde 10:30 Uhr Ortszeit aus dem Zeugenstand entlassen."

Es wurde still im Saal. Nur das Kratzen der Protokollfeder und ein leises Flüstern der Zuschauer waren zu vernehmen. Unsicher blieb Bermel auf seinem Zeugenstuhl sitzen. Er wusste nicht, was er jetzt tun sollte. Konnte er jetzt einfach so aufstehen?

Wenig später schaute der Richter zu Bermel.

„Herr Bermel. Sie können sich nun wieder in die Zuschauerreihen setzen."

Bermel stand auf. Während er sich zu seinem Sitzplatz neben Bleibtreu begab, ließ der Richter Bermels Frau hereinrufen. Gerade als er sich hingesetzt hatte, wurde sie hereingeführt.

Als Bermel sie erblickte, bemerkte er sofort, dass sie ein wenig unsicher auf den Beinen war. Er hatte das Gefühl, dass sie jeden Moment umfallen könnte. Sichtlich zu schaffen machte ihr wohl die Ungewissheit, was sie jetzt auf dem Zeugenstuhl erwarten würde und vor allem das, was sie dort erzählen müsste. Dazu kamen noch die vielen Zuschauer, die sie wie gebannt mit ihren gaffenden Blicken anstarrten. Bermel wollte schon zu ihr hineilen und erhob sich wieder von seiner Bank, doch da hielt Bleibtreu ihn am Arm zurück.

„Sie wird das durchstehen.", flüstere Bleibtreu ihm zu.

Das beruhigte Bermel jedoch keineswegs. Er hatte Sorge um seine Frau. Immer noch wollte er aufstehen, um zu ihr zu gehen. Doch anscheinend hatte der Richter sein Vorhaben bemerkt. Mit strenger Miene fixierte er Bermel, sodass er sitzen blieb. Er wollte sich nicht noch mehr Ärger mit dem Richter einfangen.

Mittlerweile war seine Frau langsam auf den Zeugenstand zugeschritten. Genau wie Bermel zuvor passierte sie die hölzerne Balustrade und setzte sich nach Aufforderung des Richters auf den Zeugenstuhl. Die

Befragung begann ebenfalls mit der Aufnahme der Personalien.

„Ihr Name?", fragte der Richter.

„Jasmin Bermel."

„Sind Sie verheiratet?"

Frau Bermel nickte.

„Ja oder nein?", ragte der Richter noch einmal streng nach, sodass Frau Bermel sofort mit einem „Ja, euer Ehren." antwortete.

„Mit wem?"

„Mit Hieronymus Bermel."

„Was sind Sie von Beruf?"

„Ich mache den Haushalt meines Mannes."

„Gut. Das sollte erst einmal reichen, Frau Bermel."

Der Richter mache eine kurze Pause. Später fuhr er nüchtern fort.

„ Sie wissen ja worum es hier geht, Frau Bermel. Also erzählen Sie uns doch bitte einmal, was am Todestag ihrer Tochter passiert ist."

Gespannt gafften die Zuhörer auf Frau Bermel. Doch die rührte sich nicht. Stocksteif saß sie da. Sie wusste nicht, wo sie beginnen sollte zu erzählen. Genau wie ihrem Mann zuvor, schossen ihr abertausende von Bildern durch den Kopf. Das Gesicht ihrer kleinen Tochter trat ihr wieder vor die Augen. Abermals musste sie mit Ansehen wie ihr Kind im Graben lag. Überall mit Blut verschmiert. Die Augen weit aufgerissen. Frau Bermel wurde immer aufgewühlter. Die Gefühle spielten verrückt. Ihr ganzer Körper zitterte wie Espenlaub. Tränen schossen ihr in die Augen.

Als Herr Bermel das sah, wollte er sofort zu seiner Frau. Er wollte die Verhandlung abbrechen. Doch auf einmal fing sie sich wieder. Sie machte sich bewusst, dass ihre

Aussage wichtig sei und sie vor allem auch wegen Michael hier war. Denn schließlich glaubte sie genau wie ihr Mann an seine Unschuld. Deshalb fragte sie den Richter etwas gefasster:

„Euer Ehren. Ich weiß nicht, ab wann ich erzählen soll. Schließlich wollen sie ja bestimmt nur das Wichtigste wissen."

Der Richter blieb diesmal gelassen, obwohl er Rückfragen an sich überhaupt nicht leiden konnte

„Das liegt allein bei Ihnen, Frau Bermel. Beginnen Sie dort, wo Sie es für richtig halten. Wir werden Sie gegebenenfalls korrigieren und nachfragen."

Frau Bermel nickte nur und rieb sich die wenigen Tränen aus den Augen, die ihr eben die Wangen heruntergelaufen waren. Dabei schaute sie zu Michael hinüber. Der saß zwar mit erhobenem Kopf auf seinem Platz, aber seine Augen spiegelten immer noch die Angst wider, die in ihm war. Kurz lächelte er Frau Bermel zu. Daraufhin begann sie zu erzählen.

„Es war an einem Sonntagmorgen als wir von der Kirchmesse zurück nach Hause gingen als..."

„Wer war wir?" unterbrach sie direkt der Richter im ersten Satz.

„Mein Mann, seine Belegschaft und ich."

Der Richter nickte.

„War unter der Belegschaft auch der hier anwesende Angeklagte?"

„Ja, euer Ehren.", antwortete sie nur kurz.

„Er arbeitet so viel wie ich weiß als Hauer unter meinem Mann.", fügte sie dann noch hinzu.

„Das ist unwichtig. Antworten Sie bitte nur auf das, wonach Sie gefragt sind. Was war weiter an dem Sonntagmorgen?"

„Wir waren auf dem Weg zurück zu unserem Haus, als die Kumpel auf einmal unruhig wurden. Einige von ihnen waren ein Stück vorausgegangen und waren nun am Wegesrand stehen geblieben. Sie hatten dort etwas entdeckt."

Frau Bermel stockte.

„Was hatten die Männer dort entdeckt, Frau Bermel und warum waren die überhaupt mit Ihnen auf dem Weg nach Hause? Sie müssen schon alles erzählen. Ansonsten nützt uns ihre Aussage gar nichts.", ermahnte sie der Richter.

Frau Bermel schaute betrübt zu Boden. Zaghaft erzählte sie weiter.

„Die Kumpel begleiteten uns, weil sie ihren Monatslohn von meinem Mann erhalten wollten. Nach einer Weile, so auf der Hälfe des Weges entdeckten sie dann…" Frau Bermel musste schlucken. „jemanden regungslos am Straßenrand liegen. Mein Mann und ich blieben natürlich auch stehen und drängten uns durch die dichte Reihe, die die Männer bereits gebildet hatten. Als wir dann erblickten, wer dort tot am Rande lag, wurde mir erst bewusst, dass…" Frau Bermels Stimme wurde zittriger.

„dass es sich um unsere kleine Marie handelte."

Frau Bermel brach nun abermals in Tränen aus. Der Richter und der Staatsanwalt sahen regungslos zu. Herr Bermel konnte das nun nicht mehr mit ansehen. Wut kochte in ihm auf. So schnell wie möglich wollte er nur noch zu seiner Frau. Doch Direktor Bleibtreu, der Bermels Erregung durch seinen mittlerweile roten Kopf bemerkt hatte, hielt ihn abermals zurück.

„Bermel beruhigen Sie sich. Wenn Sie jetzt die Verhandlung stören, wird die Aussage ihrer Frau vielleicht nicht gewertet. Denken Sie auch an Michael."

Doch der war mittlerweile genau so erregt wie Bermel selbst und war kurz davor den Richter wegen seiner Unmenschlichkeit anzufahren. Frau Bermel war für ihn immer wie eine Ersatzmutter gewesen. Sie hatte dieselbe liebselige Art wie sie seine verstorbene Mutter ihm gegenüber immer gehabt hatte. Wie schmerzvoll war es jetzt für ihn sie so leiden zu sehen. Doch noch viel schlimmer war die Vorstellung für ihn darüber, dass er angeblich der Grund für diesen tiefen Schmerz sein soll.
Frau Bermel schluchzte jetzt nur noch leise vor sich hin und der Richter hatte anscheinend ein Einsehen mit ihr. Doch der Staatsanwalt schien noch nicht zufrieden zu sein. Er beugte sich auf seinem Stuhl nach vorne und zog das Gesicht in Falten.
„Frau Bermel. Nach dem Leichenfund hat niemand von ihnen die Polizei gerufen. Können Sie mir sagen warum?"
Frau Bermel schüttelte verneinend den Kopf.
„Ich weiß es nicht. Mein Mann und ich waren so geschockt von dem Tod unserer kleinen Tochter, sodass wir keinen Gedanken dafür übrighatten."
Der Staatsanwalt nickte verständnisvoll.
„Gut. Das kann man nachvollziehen. Aber wissen Sie Frau Bermel, was mich wundert ist, Sie und ihr Mann haben für trauernde Eltern ihr Kind ziemlich schnell am nächsten Morgen beerdigen lassen, sodass die Polizei noch nicht einmal die Leiche untersuchen konnte. Kann es sein, dass der Schmerz gar nicht so groß über den Verlust gewesen ist, wie Sie ihn hier gerade darstellen."
Nach dieser Frage ging ein Raunen durch den Saal. Frau Bermel schaute zu ihrem Mann hinüber. Der und Bleibtreu glaubten ihren Ohren nicht, was der Staatsanwalt da gerade versuchte Frau Bermel

unterstellen zu wollen. Doch da schrie der Richter auf. Bermel hoffte, dass er den Staatsanwalt nun in die Schranken weisen werde.

„Was! Wir unterhalten uns über eine Leiche, die die Polizei noch nicht einmal in Augenschein genommen hat! Warum haben sie nicht die Polizei informiert geschweige denn auf diese gewartet, Frau Bermel!"

Als Bermel das hörte, explodierte er wie eine Bombe. Selbst Bleibtreu konnte ihn davon nicht mehr abhalten.

„Diese Unverschämtheit braucht sich meine Frau von Ihnen nicht bieten zu lassen! Was würde eine Untersuchung der Leiche den an dem Tatbestand ändern, dass meine Tochter tot ist!"

Überrascht schaut die Menge zu Bermel hinüber. Auch der Richter und der Staatsanwalt schauen entsetzt auf Bermel.

„Eine ganze Menge, Herr Bermel. Denn ich könnte mir gut vorstellen, dass sie absichtlich oder unabsichtlich Beweismaterial unterschlagen haben. Also was fällt Ihnen hier ein, einfach so in die Verhandlung einzugreifen!", fasste sich der Richter als erstes wieder und winkte zwei Gerichtsdiener herbei.

„Ich greife Ihnen nicht in die Verhandlung ein, sondern ich schütze meine Frau und appelliere an ihren Menschenverstand. Es kann ja wohl nicht wahr sein, dass meiner Frau oder mir unterstellt wird ..."

„Doch. Es kann und wird, Herr Bermel und Sie verlassen nun den Gerichtssaal.", unterbrach ihn der Richter. Herr Bermel wollte dagegen protestieren, doch wurde er just in diesem Moment von den herbeigerufenen Gerichtsdienern forsch am Arm gepackt und aus dem Saal geschleift. Bermel versuchte gar nicht erst sich zu wehren. Er wusste nun, dass es nur noch mehr Ärger produzieren würde.

Als ihn die beiden Gerichtsdiener aus der Seitentüre in den kalten Schnee warfen, waren seine Gedanken nur noch bei seiner Frau. Hoffentlich würde Herr Bleibtreu gemäßigter versuchen seine Frau vor den anmaßenden Fragen des Richters und des Staatsanwaltes zu schützen. Doch zu seiner Verwunderung öffnete sich kurze Zeit später erneut die Türe. Herr Bleibtreu und seine Frau kamen heraus in den Schnee getreten.

„Die Gerichtsverhandlung wurde vertagt.", erklärte Bleibtreu ihr erscheinen und stapfte durch den Schnee. Frau Bermel lächelte bedrückt.

„Sie wollen Marie wieder ausgraben, um sie zu untersuchen."

Bermel stand sein Entsetzen ins Gesicht geschrieben.

„Was?"

Bleibtreu nickte.

„Bleiben Sie ruhig. Wir können kaum etwas dagegen machen. Eigentlich ist das ein Glücksfall für uns."

Bermel konnte kaum glauben, was er da hörte.

„Herr Bleibtreu. Das Verhalten des Gerichts gegenüber uns kann ich ja wohl kaum…"

Bleibtreu unterbrach ihn direkt.

„Bleiben Sie ruhig, Herr Bermel. Es ist egal, was Ihnen jetzt unterstellt wird. Den Leuten vom Gericht geht es nur darum, dass die Polizei immer als erstes bei Mordfällen alarmiert wird. Die Volksmenge soll erzogen werden. Deswegen wird das Ganze so hochstilisiert. Für uns jedoch ist dieses Verhalten ein Glücksfall. Denn vergessen sie nicht, hier geht es nicht um Sie, sondern allein um Michael. Durch diese Exhumierung gewinnen wir Zeit, um die richtigen Mörder entlarven zu können."

„George und Heinz.", murmelte Bermel nachdenklich vor sich hin.

Bleibtreu nickte leicht.

„So ist es. Folgen Sie mir. Ich nehme Sie in meiner Kutsche mit nach Hause. Ich glaube mir ist da eine Idee gekommen wie wir die Täter überführen können."

Als Herr Bleibtreu das Ehepaar Bermel vor der Schmelzhütte aus der Kutsche entließ, war es bereits dunkel draußen geworden. Die ganze Fahrt über hatten die Drei erregt über die Idee gesprochen, die Herr Bleibtreu gehabt hatte. Das Ehepaar Bermel schien nun etwas entspannter zu sein. Herr Bleibtreu schien sogar zuversichtlich. Kurz bevor Herr Bleibtreu mit seiner Kutsche davonfuhr, drehte sich Herr Bermel noch einmal zu ihm um.

„Und Sie meinen das klappt?"

Herr Bleibtreu schmunzelte.

„Sie als Bergmann müssten wohl am ehesten wissen, ob es funktioniert.", antwortete dieser und gab dem Kutscher das Zeichen davonzufahren.

10. Kapitel: Der Bergmönch

Eine Woche hatte sich das Gericht genommen, um die Kindsleiche aus dem Grab zu heben und genauestens zu untersuchen. Außer dem Pfarrer, der bei der Exhumierung neben dem Grab stand und die Leichengräber des Gerichts murmelnd verfluchte, wehrte sich niemand. Selbst das Ehepaar Bermel, welches bei der Aushebung des Grabes danebenstand, blieb ruhig. Sie trug die Hoffnung, dass sich bald alles zum Guten hinwenden werde. Aus einiger Entfernung beobachteten George und Heinz die Szenerie. Als die Gerichtsdiener den Kindesleichnam auf einem Karren zur Untersuchung davonfuhren, sah Bermel seine Gelegenheit gekommen, um den ersten Schritt in Bleibtreus Plan zu tun. Er schritt mit seiner Frau und dem Pfarrer ein paar Schritte hinter dem Wagen her bis dieser George und Heinz passiert hatte. In Hörweite der beiden blieben die Drei stehen und Bermel fragte den Priester, ob er die Geschichte vom Bergmönch kennen würde, der Kriminelle und Diebe (vor allem unter den Bergleuten) holen und bestrafen würde. Der Pfarrer lächelte das erste Mal an diesem Tag und bejahte, dass er schon von manchem Bergmanne die Sichtung des Bergmönches gehört habe. Er selbst habe ihn noch nie gesehen. Doch der Pfarrer wunderte sich, dass Bermel gerade jetzt nach dieser Geschichte fragte. Bermel antwortete daraufhin, dass er als Bergmann sich es wünschen würde, dass auch der Mörder seiner Tochter vom Bergmönch geholt und in die tiefen finsteren Bergwerksgruben verschleppt wird.

All dies hörten George und Heinz und sie schauten sich unsicher an. Sie hatten noch nie von dem Bergmönch gehört und glaubten normalerweise an solchen bergmännischen Aberglauben nicht. Doch diese Erzählung machte ihnen doch irgendwie ein flaues Gefühl im Magen, sodass sie sich zügig in die Gastwirtschat verzogen, wo sie nach ein paar Bierchen am späten Abend sich müde in ihre gemeinsame Wohnung zurückzogen, um fest und tief zu schlafen.

Es war mitten in der Nacht als die Kirchturmuhr von Rheinbreitbach zwölf Mal schlug. Die Rheinbreitbacher schliefen bereits alle in ihren Betten. Nur der Nachtwächter zog seine Runden und sang zu jeder vollen Stunde sein ähnlich klingendes Lied: „Hört, ihr Herrn und lasst euch sagen! Unsere Uhr hat 12 geschlagen. Zwölf das ist das Ziel der Zeit. Mensch bedenk die Ewigkeit. Hört ihr Herrn und lasst euch sagen. Unsere Uhr hat zwölf geschlagen."

Als der Nachtwächter den Kirchplatz passiert hatte, leuchtete der Vollmond den Platz hell aus. Niemand war zu sehen. Doch plötzlich bewegte sich etwas am Kircheneingang. Die schwere Holztüre ging knirschend auf und ein Mensch in einer langen dunklen Kutte huschte als schwarze Gestalt über den Kirchplatz. Im Schatten der umliegenden Fachwerkhäuser bahnte sich die Gestalt seinen Weg durch den Ort bis sie vor einem Haus stehen blieb, in welchem Georg und Heinz in ihren Zimmern schliefen. Die Gestalt drückte nun die Türklinke des Hauses. Doch diese war fest verschlossen. Erst als die Gestalt die oberen Fenster betrachtete, sah sie, dass eines der Fenster nur angelehnt war. Geschwind holte die Gestalt ein nahestehende und leeres Holzfass herbei und kletterte darauf. Wenige Handgriffe später war die Gestalt im Inneren des Hauses. Bedrohlich und mit dem Mondlicht im Rücken stand die Gestalt nun im Schlafzimmer von Georg und Heinz. Mit fester, aber leiser Stimme erklangen nun im Wechsel die Namen von George und Heinz. Erst langsam wurden diese dadurch wach. Als erster öffnete George ein wenig seine Augen. Als er die dunkle Gestalt im Raum sah, erschrak er und schreckte mit einem stechenden Schrei aus seinem Bett auf. Durch den Schrei nun komplett aufgeweckt, erblickte nun auch Heinz die dunkle Gestalt und erschrak ebenfalls. Nachdem sich beide etwas gefangen hatten, wagte George die Gestalt anzusprechen: „Wer bist du und was willst du hier?"

Es dauerte eine Weile bis die Gestalt in aller Seelenruhe antwortete: „Man nennt mich den Bergmönch und ich bin gekommen, um euch zu bestrafen!"

Als Heinz und Georg dies hörten begannen sie am ganzen Körper an zu zittern. Erst wenige Augenblicke später fasste sich George ein wenig Mut und erwiderte: „So ein Blödsinn. Der Bergmönch ist ein Märchen!"

Doch dies gefiel der Gestalt keineswegs. Mit drohender Stimme fuhr sie die beiden Schmelzerjungen an: „Ich weiß, was ihr getan habt und welche Sünde ihr auf euch geladen habt! Ihr habt die kleine Marie Bermel umgebracht, den Bergwerksunfall von Philipp verursacht, einen Unschuldigen des Mordes bezichtigt und den Bergwerksdirektor Bleibtreu beklaut!"

Heinz und George bekamen es nun noch mehr mit der Angst zu tun. Woher wusste diese Gestalt von ihren Missetaten. Kein Zweifel. Das konnte nur noch der Bergmönch sein, der übernatürliche Kräfte hat. Vor lauter Verzweifelung warfen sich nun beide Jungen vor dem Bergmönch auf die Knie, flehten um Gnade.

„Ja, es stimmt, dass wir den Bergwerksdirektor Bleibtreu beklaut haben, aber an dem Tod von Marie haben wir keine Schuld. Es ist alles Hebolin Radkows Schuld. Er war es, der uns dazu angestiftet hat. Verschone uns bitte!", winselte Heinz.

„Und wer hat Philipp den Schacht hinuntergestoßen?", fragte die Stimme nun eindringlich Heinz.

„Das war ich und es tut mir unendlich leid! Ich würde alles dafür tun, um es rückgängig zu machen!", konnte Heinz noch hervorbringen, bevor er weinend und mit angstverzerrtem Gesicht zusammenbrach.

Dies stellte den Bergmönch einstweilen zufrieden und er sprach nun mit milderer Stimme weiter. „Nun denn. Ihr müsst mir beweisen, dass es euch ernst ist. In ein paar Tagen findet die Gerichtsverhandlung über den Kindsmord von Marie statt. Klärt den Richter über die wahren Hintergründe auf!"

George und Heinz erschraken als sie dies hörten und entgegneten aufgebracht, dass dies nicht möglich sei. Hebolin würde sie sonst umbringen. Dies war dem Bergmönch jedoch vollkommen gleichgültig, sodass er die beiden Schmelzerjungen fragte, ob sie direkt mit ihm in die Tiefen seines Reiches kommen wollen, um dort für eine sehr lange Zeit ihre Sünden abzuarbeiten. Als George und Heinz dies hörten, bibberten sie vor Angst, senkten ihre Häupter zu Boden und antworteten, dass sie alles vor Gericht aussagen würden. Doch in diesem Augenblick war der Bergmönch bereits wieder aus dem Schlafzimmerfenster geklettert und spurlos verschwunden. Von ihrem Erlebnis erzählten George und Heinz niemanden. Sie waren immer noch zu sehr verschreckt und verängstigt vor der Strafe des Bergmönches.

Wenige Tage später wurde in Neuwied die zweite Sitzung des Gerichts eröffnet. Alle waren sie wieder zusammengekommen, um die Verhandlung weiter zu verfolgen. Das Ehepaar Bermel, Michael, George, Heinz, Hebolin und viele andere Menschen. George und Heinz rückten hierbei sichtlich nervös auf ihren Stühlen hin und her. Erst als Hebolin ihnen sagte, dass sie damit aufhören sollten, wurden sie etwas ruhiger.

„Die zweite Sitzung im Mordfall Marie Bermel ist hiermit eröffnet", verkündete der Richter lautstark und ließ als erstes den Obduktionsbericht der Leiche verlesen. Der untersuchende Medizinalrat sagte hierzu aus:

„Die Obduktion des Leichnams hat ergeben, dass das Opfer mit einem Messer oder Dolch die Kehle durchschnitten wurde! Als Tatwaffe wurde von dem Polizeiwachtmeister Schultz ein Dolch sichergestellt, an dessen Schneide noch Blutreste zu sehen sind."

Der Richter dankte dem Medizinalrat und widmete sich nun der weiteren Gerichtsverhandlung. Als nächstes rief er Georg und Heinz als Zeugen auf, bevor er als weiteren Zeugen den Polizeiwachtmeister Schultz aufrufen wollte, um die gesamten Ermittlungen abschließend darzustellen.

Als erster kam Georg in den Zeugenstand. Der Richter befragte nu George, was er gesehen habe. Hierbei druckste George am Anfang herum. Erst als der Richter erneut fragte, dass er keine Sorge zu haben brauche, begann er seine Zeugenaussage. Er sagte aus, dass der Angeklagte Michael nichts mit dem Mord zu tun habe. Verwundert schaute ihn nun der Richter und der Staatsanwalt an. „Können Sie das bitte noch einmal lauter wiederholen!", forderte der Richter ihn auf. George druckste wieder etwas herum, dann wiederholte er seine Aussage: „Der Angeklagte hat nichts mit dem Mord zu tun." Ein Raunen ging durch die Zuschauerreihen. Erstaunen und teilweises entsetzen war bei den Menschen zu sehen. Lediglich in Bermels und Bleibtreus Gesicht spiegelte sich Zufriedenheit wider.

„Wie kommen Sie darauf, dass der Angeklagte nichts mit dem Mord zu tun hat? Sie selbst haben doch nach eigener Aussage dem Wachtmeister Schultze gesagt, dass der hier angeklagte der Mörder der kleinen Marie ist. Sie haben sogar die Tatwaffe dem Polizisten gezeigt und übergeben!"

Beschämt schaut Georg nun zu Boden. Mit Tränen in den Augen gestand er nun, dass er gelogen habe, um den wahren Mörder der kleinen Marie zu schützen. Dieser habe Ihnen bei Verrat gedroht sie alle umzubringen. Mit Entsetzen schaute der Richter nun auf Georg von seinem Richterstuhl hinab. „Und wer ist der eigentliche Mörder? Sprechen Sie schon!"

George zierte sich kurz, doch dann schaute er zu den Zuhörerbänken und zeigte auf Hebolin: Dieser Mann hat Marie umgebracht und uns bedroht. Er hat uns dazu angestiftet den Bergwerksbesitzer Bleibtreu um einige Kilo Kupferplatten zu bestehlen. Als wir diese in der alten Ziegelei versteckten, entdeckte uns die kleine Marie, die Hebolin daraufhin umbrachte. Auch der Unfall an dem kleinen Jungen im Bergwerk hat er mit verursacht. Es war alles sein Plan!", platzte es zum Schluss aus Georg hinaus. Als Hebolin das hörte, bekam dieser es mit der Angst zu tun. Er sprang von seinem Sitzplatz auf und versuchte aus dem Gerichtssaal zu flüchten. Doch die Gerichtsdiener sowie Hyronimus Bermel konnten ihn schnell zu fassen kriegen und zu Boden reißen. Der Richter ordnete umgehend die Verhaftung Hebolins und der beiden Gehilfen George und Heinz an. Fluchend wurde dieser aus dem Gerichtssaal abgeführt. Den letzten Zeugen (den Polizeiwachtmeister Schultz) entließ er aus dem Zeugenstand. Gleichzeitig zog er sich für den Richterspruch zurück. Alle warteten gebannt, was für ein Urteil der Richter nun fällen würde. Nach kurzer Zeit kam der Richter wieder in den Gerichtssaal zurück und verkündete, dass er den Angeklagten freisprechen würde. Er sei eindeutig das Opfer einer fiesen Intrige gewesen und solle sofort freigelassen werden. Michael hatte bis zur Zeugenaussage von George wie ein Häufchen Elend auf seinem Stuhl gesessen. Doch mit jedem Wort, welches George herausbrachte, wuchs nun seine Hoffnung, dass er aus dieser Lage befreit werden könnte. Als der Richter nun den Freispruch verkündete, rollten ihm die Freudentränen von den Wangen. Auch dem Ehepaar Bermel sowie dem Ehepaar Bleibtreu war die Freude ins Gesicht geschrieben, sodass sie gemeinsam zufrieden nach der Gerichtsverhandlung in der Kutsche von Bleibtreu nach Hause fuhren.

Hebolin hingegen wurde für seine Taten zum Tode verurteilt. Seine beiden Gehilfen Heinz und George kamen mit einer langen Haftstrafe mit dem Leben davon. Bleibtreu erhielt durch die Mithilfe von George und Heinz das verkaufte Kupfer wieder zurück. Der Schwarzhändler musste eine empfindliche Strafe zahlen. Auf die Frage von Michael hin, wie es Bleibtreu und Bermel geschafft hätten, Heinz und Georg zu ihrer Aussage zu bewegen, schmunzelten beide nur vor sich hin. In kurzen Zügen erzählte Bleibtreu, dass Bermel sich mit Hilfe des Pfarrers als Bergmönch von Rheinbreitbach verkleidet hätte und den beiden Schmelzerjungen einen nächtlichen Besuch abgestattet habe. Dies habe beide so sehr in Angst versetzt, dass sie alles freiwillig preisgaben. Somit hatte der Bergmönch von Rheinbreitbach für Gerechtigkeit gesorgt.